最後のゲーム

ホリー・ブラック
千葉茂樹 訳

ほるぷ出版

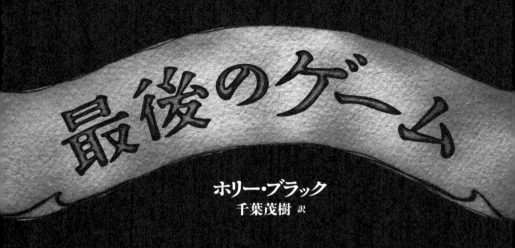

目次

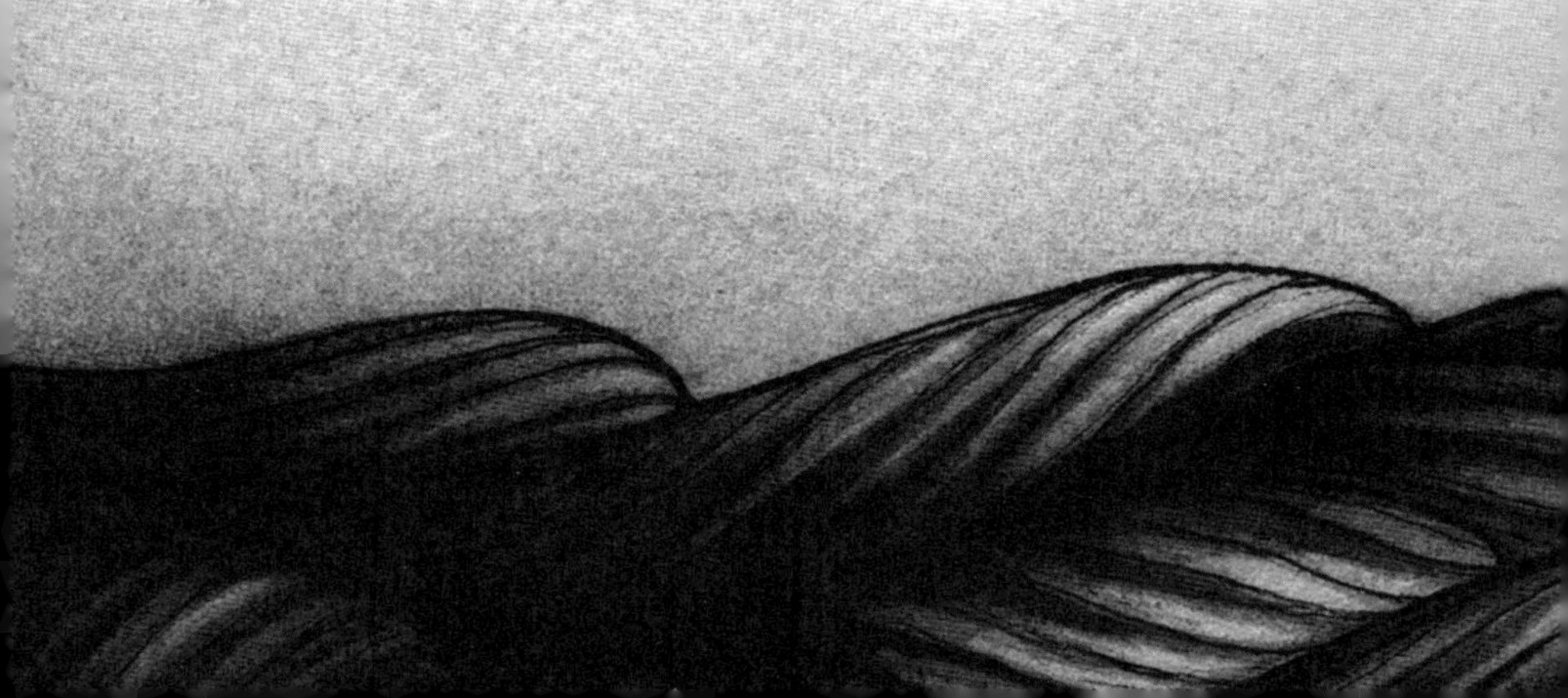

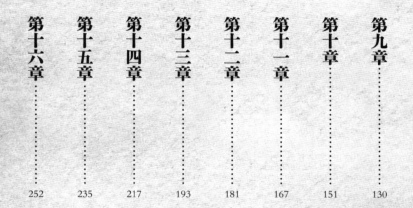

『ゲーム』をするには年を取りすぎてからも、
ずっとつきあってくれたキャサリーン・ルッデンに

最後のゲーム

Doll Bones
by Holly Black

Published in agreement with the author, c/o
BAROR INTERNATIONAL, INC., Armonk, New York, U.S.A.
through Japan UNI Agency, Inc., Tokyo.
Japanese language edition published by
HOLP SHUPPAN, Publishing, Tokyo.
Printed in Japan.

日本語版装丁　城所 潤

第一章

ポピーは人魚の人形たちのなかからひとつを選び、アスファルトの道路のはしっこに置いた。道路は「暗黒海」のつもりだ。人形たちはどれもリサイクルショップで買った中古で、大きな頭は手あかで光り、しっぽの色はばらばら、髪《かみ》はちぢれている。

ザック・バーロウには、近づく船を待つ人魚たちの尾《お》びれが、パタパタゆれているように見える気がした。プラスチックの顔に浮《う》かぶわざとらしい笑顔の裏《うら》には、おそろしい悪だくみがかくされている。浅瀬《あさせ》で船を座礁《ざしょう》させ、海賊《かいぞく》たちを海にひきずりこんで、のこぎりのような歯で食べてしまおうと思っているのだ。

ザックはバッグのなかのアクションフィギュアをごそごそ探《さが》しまわった。海賊刀《カトラス》を二本持った海賊の人形をひっぱりだすと、船の形をした紙のまんなかにそっと置いた。「ネプチューンの真珠号《しんじゅごう》」の上には、秋の風にふきとばされないように小石が置いてある。ザックは本物の船に乗って、顔に波しぶきをあびながら冒険《ぼうけん》にむかうとちゅうだと信じてしまいそうだった。実《じっ》際《さい》には、ポピーの家の前のせまい芝生《しばふ》にいるのに。ポピーの家はいまにもこわれそうで、壁板《かべいた》もたわんでしまっている。

「みんな、マストに体をしばりつけるんだ！」ネプチューンの真珠号《しんじゅごう》の船長、ウィリアム・ザ・ブレイドになりきったザックがいった。ザックはそれぞれのフィギュアごとに声色を変える。とはいっても、ほかの人がきいて、そのちがいがわかるのかどうかは自信がない。それでも、自分には、ちゃんと区別がつく。
G.I.ジョー人形のレディ・ジェイを船のまんなかに近づけようとするアリスのドレッドヘアが、ひと房《ふさ》、琥珀色《こはくいろ》の目の前にたれた。レディ・ジェイはウィリアム・ザ・ブレイドといっしょに旅をする仲間だ。むかし、ウィリアムのポケットからすりを働こうとして失敗に終わったあと、仲間に加わった。レディ・ジェイは騒々《そうぞう》しくてがさつ。過保護《かほご》なおばあさんに育てられ、神経質《しんけいしつ》に育ったアリスとは大ちがいだ。けれども、今日のレディ・ジェイはおとなしい。
「ねえ、大公の警備兵《けいびへい》たちは、シルバーフォールで待ちかまえてると思う？」アリスがレディ・ジェイにそうたずねさせた。

「おれたちをつかまえるかもしれないな」ザックはにやりと笑うとアリスを見た。「だが、おれたちをじっとさせておけるものか。絶対無理《ぜったいむり》だ。おれたちは偉大《いだい》なクイーンの命《めい》を受けているんだ。だれにもじゃまさせやしない」そんなことばがでてくるなんて、自分でも予想できなかった。でも、その通りだと思った。ウィリアムのほんとうの考えをきいたような気がした。これだから、この『ゲーム』はやめられない。べつの世界へ飛びこんだ瞬間《しゅんかん》、なにもかもがほんとうのことのように思える。ザックはこの遊びをなにがあっても手放したくなかった。たとえ何歳《なんさい》になっても、ずっとつづけていたい。もちろん、それが無理なのはわかっている。いまでもすでに、むずかしいと思うことがあるぐらいだ。

ポピーが風で乱《みだ》れた赤い髪《かみ》を耳のうしろになでつけながら、ザックとアリスを真剣《しんけん》な顔で見つめた。ポピーは小柄《こがら》だけれど気が強く、顔はそばかすだらけ。ポピーのそばかすを見るたび、ザックは星空を思い浮《う》かべてしまう。ポピーは物語を進行させるのがなによりも好きで、ドラマチックな演出《えんしゅつ》がうまい。そんなポピーが演《えん》じる悪人役は天下一品だ。

「体をロープでくくりつけるがいいさ。だが、だれかひとり、いけにえを海の底深くにささげなければ、この海域《かいいき》を通りぬけることはできない」ポピーは人魚になりきっていった。「自ら進んでだろうが、いやいやだろうが、だれかひとり、海に飛びこむのだ。さもなければ、海がいけにえを選ぶだろう。それが人魚の呪《のろ》いなのだ」

アリスとザックは目を見かわした。人魚はほんとうのことを語っているんだろうか？　ほかのふたりと相談せずに、勝手にルールを作ってはいけないことになっている。でも、ザックはよほど気に入らない限《かぎ》り反対はしない。呪《のろ》いっていうのはおもしろそうだ。

「仲間を見捨《みす》てるぐらいなら、全員で地獄《じごく》に落ちるさ」ザックはウィリアムの声で叫《さけ》んだ。「おれたちはクイーンにつかえているんだ。おれたちがおそれるのは、クイーンの呪いだけだ」

「しかし、そのとき」ポピーが不気味な調子でそういいながら、人魚を一体、船のへりに近づけた。「水かきのある人魚の指が、レディ・ジェイの足首をとらえ、海へとひきずりこんでしまった。レディ・ジェイの姿《すがた》は見えなくなった」

「だめよ、そんなの！」アリスがいった。「わたしはマストにしばりつけられてるんだから」

「そうとはいってないじゃない」ポピーが反論《はんろん》する。「ウィリアムはそうしろっていったけど、レディ・ジェイがそうしたかどうかはきいてないもん」

アリスはうめき声をあげた。まるで、ポピーはとんでもないやっかい者だとでもいうように。まあ、それほど遠くはないのだけれど。「ねえ、いい。レディ・ジェイは船のまんなかにいたの。たとえマストにしばりつけられてないとしても、人魚にはつかまりっこないわ。甲板《かんぱん》をはってこない限りはね」

「レディ・ジェイが海にひきずりこまれたんなら、おれもあとにつづく」ザックはウィリアムを道路の海に飛びこませた。「仲間を見捨てはしないっていっただろ」

「だから、わたしは海にひきずりこまれたりしないんだってば」アリスがいいはった。

そうしていい争っていると、ポピーの兄がふたり、家からでてきてドアをバタンと音を立てて閉めた。ふたりはざっと見まわすと、ニヤニヤしはじめた。年が上のトムが、まっすぐザックを指さして、なにやらひそひそ声でいう。年下のネートが声をあげて笑った。

ザックの顔がカッと熱くなった。自分の学校にふたりの知り合いはいないはずだが、それでも、チームメートのだれかに知られたら、バスケットボールはぜんぜん楽しくなくなってしまうだろう。十二歳《さい》にもなって、まだ人形遊びをしているなんて知られてしまったら、学校だって、つまらなくなってしまう。

「無視《むし》すればいいんだよ」ポピーが大声でいった。「あんな不良」

「おれたちは、ただ、アリスのばあさんから電話があったっていいにきただけだよ」トムは、いかにもポピーのことばに傷《きず》ついたような顔をしていった。もちろん、ふざけたお芝居《しばい》だ。トムとネートは、どちらもポピーとおなじトマトのように赤い髪《かみ》をしているけれど、ザックから見て、ほかにはぜんぜん似《に》たところがない。このふたりも、ほかの姉たちも、いつも問題ばかり起こしている。けんかをしたり、学校をさぼったり、タバコを吸《す》ったりといったぐあいだ。

ベル家の子どもたちは、どいつもこいつも悪ガキだと町じゅうから思われている。そして、ポピー以外の兄弟姉妹は、だれもがその評判《ひょうばん》に応《こた》えようとしているみたいだ。

「マグネイのばあさまが、暗くなる前に帰ってこいだとさ。かならず、いいわけもなしにだ。おれまで、ちゃんと伝えるように念をおされたよ。おまえも大変だな、アリス」親切心からいっているようにもきこえるけれど、やけに優《やさ》しげないい方から、トムがいやがらせでいっているのはみえみえだ。

アリスは立ち上がって、スカートのほこりをはたいた。オレンジ色の夕日がアリスの肌《はだ》をブロンズのように見せ、つやのあるドレッドヘアは金属《きんぞく》のような光沢《こうたく》を放っている。アリスは顔をしかめた。その表情《ひょうじょう》は混乱《こんらん》といらだちのあいだでゆれている。アリスが十歳《さい》になるかならないころ、胸《むね》がふくらみはじめて、実際《じっさい》よりもずっと年上に見えるようになると、ポピーの兄たちは、しつこくからかいはじめた。なにも悪口はいわないくせに、その口調だけでアリスをからかうトムの話し方が、ザックは大きらいだった。

「ほっておけよ」ザックがいった。

ポピーの兄ふたりは笑い声をあげた。トムがザックをまねて、高い声でいった。「ほっておけよ。ぼくのガールフレンドに話しかけるなよ」

「そうだそうだ、やめろよ」今度はネートがキーキー声をだす。「さもないと、ぼくちゃんのお人形でたたくぞ」

アリスは下をむいてポピーの家の方へ歩きだした。

しまった。ザックはそう思った。いつも通り、話をこじらせてしまった。

「まだいかないでよ、アリス」ポピーは兄たちを無視《むし》して声をかけた。「家に電話して、お泊《と》まりできないかきいてみれば？」

「やめとく」アリスがいう。「リュックサックを取ってくるね」

「ちょっと待って」ザックはレディ・ジェイをつかんでアリスを追いかけた。けれども、ザックの目の前でドアが閉《し》まった。「これ、忘《わす》れてる……」

ポピーの家はいつもちらかっている。脱《ぬ》ぎ捨《す》てられたままの服や、半分中身が入ったままのカップ、スポーツの道具が床《ゆか》をおおっている。ポピーの両親は、もうすっかりあきらめてしまっているようだ。子どもたちに食事のマナーを教えるのも、寝《ね》る時間やけんかのルールを教えるのも。それは、ポピーの八歳の誕生《たんじょう》パーティで、ポピーの兄たちが、まだロウソクに火がついているケーキをお姉さんにむかって投げつけたのがきっかけだったようだ。いまはもう、誕生日のパーティはない。家族でいっしょに夕ご飯を食べることもなくなり、冷凍《れいとう》食品のマカロニ・チーズやラビオリやサーディンの缶詰《かんづめ》を、子どもたちだけで勝手に食べている。ポピーの両親は夜遅《よるおそ》くへとへとに疲《つか》れて帰ってくると、そのままベッドに入ってしまう。

ザックはそんな好き勝手な生活を常々うらやましく思っていた。アリスはそれ以上にあこがれている。アリスはおばあさんの許《ゆる》しを得て、何度もポピーの家に泊《と》まりにきていた。ポピーの両親は気づきもしないので、これまではうまくいっていた。

ザックもドアを開けてなかに入った。

アリスはリビングルームのすみにある、カギのかかった薄汚《うすよご》れた古いガラスケースの前に立って、なかをのぞきこんでいた。なかにはポピーの母親がけっしてポピーにさわらせないものが飾《かざ》ってある。さわれば、死ぬような目にあわすとか、家から追いだすとかいわれているようだ。それは、ザックたち三人の王国を支配《しはい》する「偉大《いだい》なクイーン」だ。クイーンは、フランス製《せい》の吹《ふ》きガラスの花びん――どうやらかなりのビンテージ物らしい――の横に置かれている。クイーンはポピーの母親がどこかのガレージセールで手に入れたもので、母親はいつかお宝鑑《たからかん》定番組《ていばんぐみ》にだして売りはらい、みんなでタヒチに移住《いじゅう》するんだといいはっている。

クイーンは牛の骨《ほね》の灰《はい》を混《ま》ぜこんで焼いたボーンチャイナという磁器《じき》の人形だ。カールした金髪《きんぱつ》で肌《はだ》は透《す》けるように白い。目は閉《と》じていて、亜麻色《あまいろ》のまつ毛が頬《ほお》にかかっている。クイーンが着ているいガウンは薄い生地でできていて、カビかもしれない黒い点があちこちについている。この人形を「偉大なクイーン」にしようと決めたのがいつだったかは、ザックもよく覚えていない。ただ、目は閉じているのにいつも見つめられているような気がしていたのは覚えているし、そのせいでポピーのお姉さんがこわがっていたのも覚えている。

あるとき、ポピーは夜中に目が覚めた。気づくと、いっしょに部屋を使っているお姉さんがベッドに体を起こしてすわっている。「もし、あの人形をケースからだしたら、わたしたちのところにやってくる」お姉さんはぼんやりした顔でそれだけいうと、ばたんと枕《まくら》に倒《たお》れこんでしまった。ポピーがいくら声をかけても、お姉さんが目を覚ます気配はない。そのあと、ポピーはぜんぜん眠《ねむ》れず、寝返《ねがえ》りばかり打っていた。翌朝《よくあさ》ポピーがたずねると、お姉さんは夜中になにか話したことなんかまったく覚えていないといった。そして、悪い夢《ゆめ》でも見ただけかもしれないけど、お母さんにはあの人形を処分《しょぶん》してほしいともいった。

ザックとポピー、アリスの三人があの人形を遊びに取り入れたのはそのあとのことだった。そうすれば、人形に対するおそろしさもやわらげることができるような気がした。

三人が考えだした伝説では、クイーンは美しいガラスの塔《とう》から王国のすべてを統治《とうち》している。クイーンは命令に従《したが》わないもののすべてに、自分の刻印《こくいん》をつける力を持っている。もし、刻印を

つけられると、クイーンの信頼《しんらい》を取りもどすまで、なにをやってもうまくいかなくなる。おかしていない罪《つみ》に問われたり、友人や家族が病気になったり、死んでしまったりする。船は沈没《ちんぼつ》し、嵐《あらし》に襲《おそ》われる。クイーンにできないことはただひとつ、ガラスの塔《とう》から逃《に》げだすことだけだ。

「だいじょうぶ？」ザックはアリスにたずねた。アリスはザックには見えないなにかを見ているかのように、なかをのぞきこんで立ちすくんでいる。

ようやくふりむいたアリスの目は涙《なみだ》でぬれていた。

「おばあちゃんは、わたしがどこにいるか、いつだって知りたがるの。わたしの服を選ぶのはおばあちゃんだし、このドレッドヘアのことも、文句《もんく》ばっかり。もう、がまんできない。それに、今年は劇《げき》にださせてもらえないかもしれないんだ。どんないい役に選ばれてもね。おばあちゃんは、暗いとあんまりよく目が見えないから、車で送り迎《むか》えはしたくないんだって。わたし、もうおばあちゃんが決めたルールにはうんざりなの。わたしが年を取れば取るほど、ルールはきびしくなるんだよ」

これまでにも何度もきかされてきたひどい話だ。でも、アリスはたいてい、あきらめてしまっているようだった。「おばさんはどうなの？　劇の練習のあと、おばさんに迎えにきてもらえないの?」

アリスはふんと鼻を鳴らした。「ずっとむかしから、おばあちゃんはリンダおばさんに、わたしのことには一切口だしさせないんだから。長い休みになるたびにもちだすんだけどね。そのたびにおばあちゃんは、ヒステリーを起こすんだ」

アリスのおばあさんはフィリピン育ちで、ことあるごとに、アメリカとはいかにちがうかをきかせたがった。おばあさんがいうには、フィリピンのティーンエージャーたちは働き者で、けっして口ごたえせず、アリスみたいに手にインクで絵を描《か》いたり、俳優《はいゆう》になりたがったりはしないんだそうだ。それに、アリスみたいに背《せ》ばかり大きくもないし。

「ヒステリーを起こすって?」ザックがきいた。

アリスは笑った。「そう、超《ちょう》ヒステリーだよ」

「ねえ」ポピーが玄関《げんかん》からリビングルームに入ってきた。手には残っていた人形を全部持っている。「やっぱり、今日は泊《と》まっていけないの?」

アリスはうなずいた。それから、ザックの手からレディ・ジェイをひきぬいて、ポピーの部屋にむかって廊下《ろうか》を歩きだした。「忘《わす》れ物、取ってくるね」

ポピーは説明を求めるようにじっとザックを見た。自分だけ仲間はずれにされるのはがまんできないし、たとえどんなくだらないものでも、ふたりには秘密《ひみつ》を持ってもらいたくないと思っている。

「おばあさんのことだよ」ザックは肩《かた》をすくめながらいった。「わかるだろ」

ポピーはため息をついてガラスケースを見た。しばらくして話しはじめる。「今度の冒険《ぼうけん》が終わったら、クイーンはきっとウィリアムの呪《のろ》いを解《と》いてくれるよね。ウィリアムは故郷《こきょう》に帰ることを許《ゆる》されて、どこで生まれたのかっていう謎《なぞ》がついに解決《かいけつ》するんだよ」

「でも、クイーンは、また次の冒険にむかわせるかもしれないよ」ザックはしばらく自分がいったことを考えてから、にやりとした。「もしかしたら、ウィリアムの剣《けん》の腕《うで》をみがかせて、ガラスの塔《とう》をこわさせるかもしれない」

「そんなこと、考えるのもだめ」ポピーは半分冗談《じょうだん》口調でそういった。「さあ、いこう」

ふたりがポピーの部屋に着いたちょうどそのとき、リュックサックを肩にかけたアリスがでてきた。

「また明日ね」アリスはそういって、ふたりの横をすりぬけた。ザックの目には、なんだか浮《う》かない顔に見えた。自分だけが早く帰ったあとで、ふたりで遊ぶのがくやしいのかもしれない。ザックとポピーは、アリスぬきで人形遊びをつづけることはなかった。それでも、最近では、ザックとポピーがいっしょにいるだけでアリスはおもしろくないようだ。ザックには、どうしてなんだかさっぱりわからなかったけれど。

　ザックはポピーの部屋に入って、けばだらけのオレンジ色のカーペットにどさりとすわった。ポピーはずっと、部屋をお姉さんといっしょに使ってきた。お姉さんの服があちこち、山のように積まれているし、使いかけの化粧品《けしょうひん》やノートもちらばっている。ノートの表紙にはシールがベタベタ貼《は》ってあったり、詩のようなものが書いてあったりする。本棚《ほんだな》の上にはお姉さんのバービー人形がごちゃごちゃと置いてある。腕《うで》を火で溶《と》かされていたり、髪《かみ》を切られていたりで、ポピーに修理《しゅうり》してもらうのを待っている。本棚にはファンタジーのペーパーバックや、図書館から借りて返却期限《へんきゃくきげん》のすぎた本があふれだしそうだ。ギリシャ神話もあれば人魚の本もあるし、地元の幽霊《ゆうれい》話もある。壁《かべ》はポスターでおおわれている。ＳＦドラマの『ドクター・フー』のポスター、山高帽《やまたかぼう》をかぶったネコのポスター、ナルニア国の大きな地図もある。ザックは自分たちの王国の地図を作ったらどうだろうと思った。海や島々もふくめて、なにもかもを描《えが》いた地図だ。そんな大きな紙をどこで手に入れたらいいんだろう。

「ウィリアムはレディ・ジェイのこと、好きだと思う？」ベッドの上で足を組んですわっていたポピーがたずねた。おさがりのジーンズの破《やぶ》れ目から、片方《かたほう》の薄《うす》ピンクのひざこぞうがのぞいていた。「ただ好きっていうんじゃないよ」

ザックは背筋《せすじ》をのばした。「なんだって?」

「ウィリアムとレディ・ジェイは、ずっといっしょに旅してるじゃない? 好きになってもおかしくないよね?」

「ああ、好きなんじゃないかな」ザックはそういって顔をしかめた。ぼろぼろの軍隊はらい下げのダッフルバッグをひき寄《よ》せて、ウィリアムをなかに入れる。

「だけどさ、わたしが知りたいのは結婚《けっこん》するのかなってこと」

ザックはことばにつまった。人形たちがなにを考えているかたずねられることには慣《な》れている。これも単純《たんじゅん》な質問《しつもん》だ。でも、ポピーの声の裏側《うらがわ》に、なんだかそう単純じゃない意味を感じ取ってしまう。「ウィリアムは海賊《かいぞく》だよ。海賊は結婚なんかしないさ。だけど、ウィリアムが海賊をやめて、レディ・ジェイも盗《ぬす》み癖《ぐせ》が直れば、結婚するかもね」

ポピーは、最悪の答えをきいてしまったというように、深いため息をついた。そこで話題を変え、ふたりはほかのことを話した。ザックは明日はバスケの練習があるから遊べないとか、宇宙人《うちゅうじん》は地球にやってきたことはあるかないかとか、もし、やってきたとしたら、平和的な宇宙人かそうじゃないかとか(ふたりとも平和的ではないといった)、ゾンビに襲《おそ》われたとしたら、ザックとポピーのどっちがより助かる可能性が高いか、なんていう話題だ。ゾンビの件《けん》ではひき分けになった。ザックの長い脚《あし》は逃《に》げるにはいいけど、ポピーの小ささはかくれるのに有利だからだ。

家に帰るとき、ザックはリビングルームのクイーンの前でもう一度立ち止まった。白い顔に影《かげ》がさしていた。目は閉《と》じたままだけれど、なんだかさっきよりは開いているような気がする。じっと見つめたまま、これは自分の空想なんだろうかと考えた。クイーンのまつ毛が、ありえない風に吹《ふ》かれたようにゆれたからだ。

それとも、いままさに眠《ねむ》りから目覚めようとしているのだろうか？

第二章

翌朝《よくあさ》、ザックがちょうど学校へいこうとしたとき、父親が仕事から帰ってきた。足をひきずっている。油のにおいをさせて、左足をかばっているようだ。父親が働いているレストランは午前三時ごろまで営業《えいぎょう》しているが、在庫《ざいこ》を確認《かくにん》して、発注をしたり、ほかの従業員《じゅうぎょういん》たちと食事をしてきたりするので、家に帰るのはいつもこのぐらいの時間になってしまう。

「靴《くつ》ずれがひどいんだ」父親は、足をひきずるいいわけのようにいった。ザックの父親は大柄《おおがら》で、ザックとおなじ焦《こ》げたトーストのような色の短いちぢれ毛で、やはりザックとおなじ青いガラスのような色の目をしている。そして、鼻は二回も骨折《こっせつ》している。

「その上、バカみたいなんだが、自分で油を浴びちまった。けどな、かっ飛ばしたから、なんてことはないさ」

かっ飛ばしたんならよかった。「かっ飛ばした」というのは、大勢《おおぜい》の人がレストランにきてくれたということで、それはつまり、ザックの父親は仕事を失わずにすむということだ。

ザックの母親がマグカップをだして、なにもいわずにコーヒーを注ぎ、テーブルの上に置いた。ザックは学校用のリュックサックをつかんでドアの方にむかった。なんだかもうしわけないような気がするけれど、ザックはときどき、父親が家にいることにぎょっとしてしまうことがある。父親は三年前に家をでて、三か月前にもどってきたばかりだ。ザックはまだ父親がいることに慣《な》れることができない。

「今日はコートで大暴《おおあば》れだな」父親はまるで小さな子どもにするように、ザックの髪《かみ》をくしゃくしゃとした。

父親はザックがバスケをやっていることをすごく気に入っている。自分が好かれているのはその点だけなんじゃないかと思うこともあるほどだ。ザックが放課後、二、三ブロック先の年上の男子たちとバスケをしないで、女の子たちと人形遊びをしているのは毛ぎらいしている。ザックがいつもぼんやり白昼夢《はくちゅうむ》を見ているのも気に食わない。そして、ときどき、ザックがバスケをすごくうまくなるのも気に入らないんじゃないかと思うことがある。もしそうなったら、コートでのあれやこれやに難癖《なんくせ》をつけてしかる機会をなくしてしまうからだ。

たいがいは、父親がなにを考えていようが気にしたりはしない。父親がなにか不満げな顔をしたり、思わず警戒態勢《けいかいたいせい》に入ってしまうような質問《しつもん》をしてくるときも、ザックは気づかないふりをしている。ザックと母親は、父親がもどってくるまではうまくやっていた。そして、またいなくなってもうまくやっていけるだろう。

ザックはため息をつきながら学校にむかった。いつもなら、とちゅうで何人かの友だちといっしょになるけれど、今日でくわしたのはケビン・ロードだけだった。ケビンはオフロードバイクで森を走ったときに鹿《しか》を見たことや、冷凍《れいとう》食品のトースター用ペストリーを焼かずに食べたことなんかを話した。

一時間目はロックウッド先生のクラスだ。前の席のアレックス・リオスがぐっと椅子《いす》の背《せ》にもたれてのけぞり、ザックのこぶしの上にこぶしを重ねた。それから、パチンと手のひらを合わせ、おたがいの指をフックのように曲げてひっぱりあった。これはバスケットボールのチームのあいだでする握手《あくしゅ》で、これをするたび、ザックは仲間なんだというあたたかい気持ちになる。

「今度の日曜のエディソン戦、勝てると思うか?」アレックスは形だけは質問のようにきいてきた。これは、握手とおなじで儀式《ぎしき》のようなものだ。

「ぼこぼこにしてやるさ」ザックはいった。「おまえがパスをまわしてくれればな」

アレックスがふんと鼻を鳴らしたところで、ロックウッド先生が出欠を取りはじめた。そこでふたりは前に顔をむけた。ザックは笑いをこらえて真剣《しんけん》なふりをした。

ランチのあと、廊下《ろうか》ですれちがいざまにポピーが三角に折った紙をザックの手におしつけてきた。開いて見なくても、それがなんだかはわかっている。「質問状《しつもんじょう》」だ。三人のだれが、いつ思いついたのかは覚えていないけれど、人形遊びに関連したすこし変わったやりとりとして、ずっとつづけてきた。ザックとポピー、そしてアリスは、『ゲーム』についての質問をされたら、かならず答えなくてはならない。質問は紙に書いて、その答えは質問者だけに明かされる。『ゲーム』の登場人物たちに知られてはならない。

三人はしょっちゅう質問状のやりとりをしていた。特にだれかが外出禁止《きんし》になってしまったときや、旅行にでかけたりする前には。折りたたんだ紙を受け取るたびに、ザックは一瞬《いっしゅん》の興《こう》奮《ふん》とちょっとしたスリルを感じた。このスリルは、『ゲーム』の一部だと思っている。もし、先生やアレックスにその紙を取られてしまったら、と考えるだけで、ザックの首筋《くびすじ》はカッと熱くなる。

ロックウッド先生が歴史の授業《じゅぎょう》をはじめると、ザックはその紙を注意深く開き、教科書の上で折り目をのばした。

もし、呪《のろ》いが解《と》けたら、ウィリアムはほんとうに海賊《かいぞく》をやめるかな？　もし、やめたら、海賊が恋《こい》しくなる？

ウィリアムは自分の父親はだれだと思ってるの？

ウィリアムはレディ・ジェイが自分のことを好きだと思ってる？

ウィリアムは悪夢《あくむ》を見たことあるかな？


ザックは早速答えを書きはじめた。書いているうちに物語が展開《てんかい》していく感じが好きだ。質問への答えがとつぜんわいてくるような感じも。まるで、真実が発見されるのを待っていたかのように、ふと思いつくこともある。

ウィリアムはときどき生き埋《う》めにされる夢《ゆめ》を見る。目が覚めるとまわりが真っ暗な夢だ。胸《むね》にずしりと重みがのしかかっているし、叫《さけ》ぼうにも息さえほとんどできないから、自分が生き埋めにされていることがわかるんだ。たいていは、叫ぼうとして夢から覚める。ウィリアムは、いやな汗《あせ》をかきながら、自分のハンモックでゆられていることに気づく。ウィリアムの緑のインコが、片目《かため》だけしかない黒い瞳《ひとみ》で、ウィリアムのことを疑《うたが》わしげに見つめている。そして、ウィリアムは自分が死んだら墓場《はかば》は海にすると心に決める。

その紙を小さく折って、リュックサックのポケットにしまったあとになっても、物語が身近にあるという感覚はいすわりつづけた。ザックは自分のノートのはしに、いたずら描《が》きをした。海賊刀《カトラス》と火を吹《ふ》くライフル、そして王冠《おうかん》を、算数の宿題やアンティータムの戦いについての書きこみの横に描いた。

この夏、ザックの背《せ》がおどろくぐらい急にのびた。もともと背が高かったけれど、いまでは父親とおなじくらいだし、手も大きくなって、バスケットボールをつかむのがかんたんになった。足も長くなって、ジャンプをすればネットに届《とど》きそうだ。去年まではコートの上をのろのろ走っていたのに、いまでは稲妻《いなずま》のように駆《か》けまわっている。

学校では、急にちがった目で見られるようになった。男子はいままで以上にいっしょにいたがるし、やたらにザックの背中《せなか》をたたいたり、ザックのジョークに大声で笑ったりする。そして、女子の態度《たいど》はなんだか変だ。

ときどき、アリスさえもがおかしな態度を取ることがある。ほかの女子といっしょにいるとき、アリスはいつものように話しかけてこないで、ほかの子たちといっしょに、感じの悪いクスクス笑いをしたりする。その日の午後、練習のあとで、演劇部《えんげきぶ》の女子たちといっしょにいるアリスの横を通りすぎたときもだ。みんないっせいに、ヒーヒー笑いながら走っていってしまった。なにがそんなにおかしいのか、とか、家までいっしょに帰ろうかとか、アリスにたずねる暇《ひま》もなかった。

それで、家にはひとりで歩いて帰った。初秋の夕方に、落ち葉のカーペットをけりながらひとりで歩くのは、ちょっとさびしかった。前のようにもどるには、なにをしたらいいのか、さっぱりわからない。以前の自分の背の高さにちぢむことなんかできないんだし。

道の角にあるトンプソンさんの家の前の手入れされていない木のあいだを、風が不気味な音を立てて吹きぬけた。遠くからきこえる悲鳴のような音で、どんどん近づいてくるようにきこえる。ザックは足を速めた。自分でもバカバカしいと思いながら、足の回転はどんどん速くなる。近づいてくる何者かが、すぐうしろに迫《せま》っているような気がして、うなじの毛が逆立《さかだ》つ。そいつの息の音まできこえそうだ。

とつぜん、こわくてたまらなくなった。それは圧倒《あっとう》的な恐怖《きょうふ》で、自分でもバカみたいだと思いながら抑《おさ》えることができない。ザックは必死で走り、芝生《しばふ》を横切って、レンガ造《づく》りの小さな自分の家にたどりついた。平手でたたくようないきおいで玄関《げんかん》のドアに手をかけ、うしろによろめくほど強くひっぱり開けた。キッチンからスパゲッティのソースとソーセージを焼くにおいがただよってきた。夜の暗さや不気味な風を洗《あら》い流してしまうような、あたたかくて安心感のあるにおいだ。

母親がキッチンから顔をのぞかせた。スウェットパンツをはいていて、長い茶色の髪《かみ》は、たくさんのクリップでまとめ上げている。母親は疲《つか》れた顔をしていた。「夕飯はすぐできるわ。それまで宿題でもやってて。準備《じゅんび》ができたら呼《よ》ぶから」

「うん、わかった」そういってリビングルームを通りすぎようとしたら、父親が階段《かいだん》を下りてきた。

父親は、ピシャリとザックの肩《かた》をたたいた。「おまえもでかくなったな」

大人がよくいう、わかりきった無意味なことばで、返事をする必要もない。父親はもどってきて以来、しょっちゅうそんな無意味なことをいう。

「かもね」ザックは肩をゆすって父親の手をはらいのけ、自分の部屋にむかって階段をのぼった。

ザックはリュックをドサッとベッドの上におろし、腹《はら》ばいに寝《ね》そべった。それから、社会の教科書を取りだして、宿題で読んでおくことになっている章に目を通した。すぐに中断《ちゅうだん》してスニーカーをぽいと脱《ぬ》ぎ捨《す》てる。ぜんぜん集中できない。お腹《なか》がグーグー鳴る。夕食のにおいがただよってきて、ますますそっちに意識《いしき》がいってしまう。バスケの練習で疲れているし、宿題なんかあとまわしにしたい。できれば、テレビの前にすわってゴーストハンターの番組か、政《せい》府《ふ》に雇《やと》われた泥棒《どろぼう》のドラマを見たかった。理想的なのは、ソファにすわってテレビを見ながら、ひざの上にのった大皿のスパゲッティとソーセージを食べることだ。

母親は、そんなこと許《ゆる》さないだろうけど。父親がもどってきて以来、父親が家にいるときは、電話もゲームも本もテレビもぬきで、家族全員テーブルにつくという決まりを持ちこんだ。雑《ざっ》誌《し》の受け売りで、家族がいっしょに食事をすれば子どもは幸せになるし、妻《つま》はやせられるとかいう研究結果を読んだらしい。それがそんなに重要なことなのだったら、なぜ、父親がいるときだけなのか、ザックには不思議だった。

そんなことを考えているうちに、おかしなことに気づいた。朝、でかける前、ウィリアム・ザ・ブレイドは、ネプチューンの真珠《しんじゅ》号の水夫役のフィギュアたちといっしょに机《つくえ》のはしにすわっていた。それなのに、いまは一体もない。

ザックは部屋を見まわした。日曜日になるたび、母親にうるさくいわれて「ちょっとかたづけ」ているとはいえ、そんなにきれいなわけじゃない。洗濯《せんたく》かごに入れておくはずの汚《よご》れ物は、かごのまわりにちらかっている。本棚《ほんだな》には海賊《かいぞく》の本や冒険《ぼうけん》小説がつまっていて、教科書は床《ゆか》にちらばっている。机《つくえ》の上は雑誌《ざっし》やパソコン、レゴのピースや船の模型《もけい》でごちゃごちゃだ。それでも、どこになにがあるかはわかっている。当然、フィギュアたちがいるべき場所にいなければ気づく。

ザックはベッドからすべり落ちるようにあわてて立ち上がった。それから、ベッドの下をのぞく。家で飼《か》っている黒ネコのパーティが、ザックの部屋にしのびこんで荒《あ》らしていくことがときどきあるからだ。じゅうたんにはいつくばっても、ウィリアム・ザ・ブレイドは床のどこにも見当たらない。

だんだん心配になってきた。ウィリアムはザックにとって最高のキャラクターだ。いちばん長いつきあいだし、いつだって物語の中心にいる。二週間前、ポピーが新しく作り上げた占《うらな》い師《し》は、ウィリアムの父親がだれなのかを知っているといった。ウィリアムの過去《かこ》を掘《ほ》り下げたり、クイーンの呪《のろ》いを解《と》こうとしているうちに、ウィリアムで遊ぶのはこれまで以上に楽しくなっていた。

ポピーは物語を発展《はってん》させたり、キャラクターを危険《きけん》な状況《じょうきょう》に飛びこませたりして、物語になにか新しいもの、楽しいもの、そしてすこしこわいものを生みだす役割《やくわり》だ。ウィリアムの物語はザックの物語でもあるんだから、ときにはめんどうくさいと思うこともあるが、たいていの場合、ポピーにまかせるだけの価値《かち》はある。

ウィリアムをなくすなんて、あってはいけないことだ。もし、ウィリアムがいなくなったら、物語も終わってしまう。突飛《とっぴ》なアイディアも、復讐《ふくしゅう》も、大団円《だいだんえん》もなにもない。

もしかしたら、なにかかんちがいしているのかもしれない。もしかしたら、人形たちの置き場所をまちがえて覚えているだけかも。ウィリアムと海賊たちは、ほかのおもちゃといっしょにあるのかもしれない。ザックはダッフルバッグをしまっているクローゼットを開けた。ところが、バッグもなくなっている。

すごくいやな気分だ。なにか、かたいものを胸《むね》におしつけられたような。

ザックはバッグがあるはずの場所をじっと見つめて、納得《なっとく》のいく理由が思い浮《う》かぶのを待った。けれども、やってきたのはパニックだった。今日の朝、バッグは確《たし》かにそこにあった。ハンガーにつるしたTシャツを取ろうとして、つまずいたのだから。

いや、やっぱり、ポピーの家に忘《わす》れてきたんだろうか？　それはちがう。昨日の夜も、そこにあったのを思い出した。それに、よほどの理由がない限《かぎ》り、あのバッグをどこかに忘れてきたりはしない。たとえば、重要な戦いの真っ最中で、なにもかもその場から動かせないという理由でもなければ。そして、昨日はそんな日ではなかった。

どうしていいかわからず、ザックはぐるりとまわりを見た。

「母さん！」ザックは大声をあげながら、ドアをいきおいよく開け、大股《おおまた》で廊下《ろうか》にでた。「母さん！　ぼくのものになにかした？　バッグ、持っていかなかった？」

「ねえザック」階段《かいだん》の下から声がする。「今日二回目よ、ドアを力まかせに閉《し》めたのは……」

ザックは階段を駆《か》けおり、母親の小言を無視《むし》していった。「どこなの、ぼくのバッグは。フィギュアの入ったバッグだよ。模型《もけい》や車も全部入ってた。二階にないんだ」

「あなたの部屋からは、なにひとつ持ちだしてないわ。きっと、キリマンジャロ級の洗濯物《せんたくもの》の山の下にでもあるんじゃないの」母親はそういって、重ねた皿をテーブルに置きながらニコッと笑った。でも、ザックは微笑《ほほえ》み返さない。「部屋を掃除《そうじ》しなさい。そしたら、バッグも見つかるから」

「ちがうんだ、どこかにいっちゃったんだよ」ザックはそういいながら、ふと父親に目をやっておどろいた。父親の顔には、なんとも不可解《ふかかい》な表情《ひょうじょう》が浮《う》かんでいる。

母親もザックの視線《しせん》を追って父親に目をやった。そして、低い声でいう。「リアム？」

「この子はもう十二歳《さい》だぞ、くだらないおもちゃで遊ぶ年じゃない」そういいながらソファから立ち上がり、まあまあとなだめるように両手を上げた。「もうりっぱな大人なんだ。あんなものとはおさらばする時期だろ。友だちとつるんで音楽をきいたり、バカをやってりゃいいんだ。なあ、ザック、あんなものじきに忘《わす》れるさ」

「どこにやったんだ？」ザックの声はとがっていた。

「いいから忘れろ。ないものはないんだ。かっかするほどのことじゃない」

「ぼくのものだぞ！」完全に頭にきていた。声が怒《いか》りで震《ふる》える。「あれはぼくのものなんだ」

「だれかがおまえを、現実《げんじつ》の世界にひきもどさないといけないんだ」父親の顔も怒りで赤くなっている。「勝手に怒《おこ》ってればいいさ。だがな、もう終わったことだ。終わったんだ。意味がわかるか？　もう、あんなものからは卒業するんだ。話はこれで終わりだ」

「リアム、いったいなにを考えてるの？」母親が口をはさむ。「相談もなしに、勝手に決めたりするべきじゃ……」

「どこにやったんだ？」ザックが怒鳴《どな》り声をあげる。父親にむかって、そんな口のきき方をしたことは一度もなかった。父親だけでなく、どんな大人に対しても。「どこにやったのかって、きいてるんだ」

「そんなに大げさな顔するな」父親がいう。

「リアム!」母親の声にはたしなめるようなひびきがあった。

「いますぐ返せ!」ザックは叫《さけ》んだ。すっかり我《われ》を忘《わす》れている。

父親の動きが一瞬《いっしゅん》止まった。急に自信なさげになる。「捨《す》ててきたんだ。悪かったな。おまえがそんなに怒《おこ》るとは思ってもみなかった。あれはただのプラスチックの……」

「ゴミ箱に?」ザックはドアを開けて外に飛びだし、玄関《げんかん》前の階段《かいだん》を駆《か》けおりた。あちこちへこんだ金属製《きんぞくせい》の大きなゴミの缶《かん》がふたつ、芝生《しばふ》のはし、歩道の上にある。ザックはそのうちのひとつのふたを、感覚のない指で開けて、道路に放り投げた。ふたはガランと大きな音を立てた。

お願いだから。ザックは思った。お願いお願いお願い!

しかし、缶はからだった。ゴミ収集車《しゅうしゅうしゃ》が回収《かいしゅう》して走り去ったあとだ。まるで、みぞおちに強烈《きょうれつ》なパンチを食らったような気分だった。ウィリアム・ザ・ブレイドもマックス・ハンターも、ほかの仲間たちもみんな死んでしまった。彼《かれ》らがいなくなってしまったら、物語も死んだも同然だ。ザックはシャツの袖《そで》で涙《なみだ》をぬぐった。

家をふり返ると、戸口に立つ父親のシルエットが見えた。

「なあ、悪かったよ」

「これ以上、父親づらするのはやめろ」ザックは玄関前の階段をのぼり、父親のわきをすりぬけた。「いまさら遅《おそ》いんだよ。もう何年も前に手遅《ておく》れだったんだよ」

「ザック」母親がそういってザックの肩《かた》にふれようと手をのばしてきた。だが、ザックは母親のわきもすりぬけた。

父親は、ただ見つめるだけだ。顔はこわばっている。

自分の部屋に入ると、ザックは天井《てんじょう》を見上げて、気をしずめようとした。宿題はやらないいまだ。母親が夕食を運んできて、机《つくえ》の上に置いていったけれど、ザックは手をつけなかった。パジャマに着替《きが》えもしなかった。泣きもしない。

ザックは何度も寝返《ねがえ》りを打ちながら、天井を横切る影《かげ》と、うすれるどころかどんどん強くなる怒《いか》りに意識《いしき》を集中させた。ザックは怒っていた。『ゲーム』をぶちこわした父親に対して。もどってきた父親を受け入れた母親に対して。なにも失っていないポピーとアリスに対して。それから、父親がいった通り、まるで小さな子どものようにふるまい、ウィリアム・ザ・ブレイドやほかのプラスチックのおもちゃを本物の人間のように気にかけている自分に対して。

やがて、腹《はら》のなかでかたまったその怒りは、喉《のど》をじわじわよじのぼってきて、息を止めてしまいそうな気がした。いまはだれにも話せない。だれかに話しだしたら、はげしい怒りがあふれでて、なにもかもぶちまけてめちゃくちゃにしてしまうだろう。
だれにも話さずにすますただひとつの方法は、『ゲーム』を終わらせることだ。

第三章

次の日の朝、母親が二杯目《はい》のコーヒーを注いでいるときにも、ザックはまだ、ミルクを吸《す》ってふにゃふにゃになったシリアルをボウルのなかでただかきまわしていた。汚れた窓《まど》ガラスを通して光がさしこんで、傷《きず》のついたキッチンテーブルの上のぬれたマグカップの底《よご》でできた輪じみや、ザックがむかし油性《ゆせい》のマジックで描《か》いた宇宙船《うちゅうせん》の名残りの緑色のしみを浮《う》かび上がらせていた。ザックはかすれた宇宙船の輪郭《りんかく》を指でなぞった。

「昨日の夜、父さんはゴミの収集《しゅうしゅう》業者に電話したのよ」母親がいう。

ザックはまばたきをして、母親を見た。

母親はコーヒーをひと口すする。「ゴミ処分場《しょぶんじょう》にもかけてた。なんとかザックのおもちゃを取りもどす方法はないかって問い合わせてたの。処分場までいって、自分で探《さが》すことはできないかとまでいってたわ。でも、それは無理なんだって。残念ね。父さんのやったことは許《ゆる》されない。でも、なんとかしようとはしてたの」

ザックは不思議と、なにも感じなかった。まるで、すべてのことが、すこしずつ時間がずれて起こっているみたいだ。母親が重要なことをいっているのはわかるのに、なぜだか、それが実感できない。体がだるい感じもする。一睡《いっすい》もできなかったみたいに。でも実際《じっさい》には、目覚まし時計のアラームがなったときには、どこか深くて暗い地の底からひっぱり上げられる感じがするぐらい熟睡《じゅくすい》していた。目覚めようと、夢《ゆめ》のなかで格闘《かくとう》するぐらいに。

「わかったよ」ほかになんといっていいかわからず、そういった。

「今晩《こんばん》、家族会議を開かなくちゃね。父さんはとてもきびしいお父さんに育てられたの。それがすごくいやだったのに、ときどき、そのお父さんとおなじようにふるまうことがあるのね。それは父さんもわかってる」

ザックは肩《かた》をすくめて、ぶよぶよのシリアルを口に入れた。そうすれば、本音を口にださずにすむ。父さんと話すぐらいなら、燃《も》えさかる火の上でさかさづりにされる方がまだましだ、という本音を。ザックはもぐもぐ口を動かしながらリュックをつかみ、学校にでかける用意をした。

「じゃあ、あとでもっとじっくり話しましょう」ザックがキッチンからでて、ドアをぴしゃりと閉《し》める直前に、母親は無理に明るくそういった。

冷たい風に頬《ほお》をたたかれたような気がした。歩道にポピーとアリスの姿《すがた》が見えなくて、ザックはほっとした。三人とも近所に住んでいるので、学校にいくときばったりでくわすのはよくあることだ。そんなときにはいっしょに学校まで歩くし、帰りもよくいっしょになった。けれどもその日、ザックはひとりなのをよろこびながら学校へいそいだ。頭を低く下げ、石ころやくずれたアスファルトの塊《かたまり》をけとばしながら歩く。遠くに学校が見えたとき、このまま歩きつづけたらどうなるんだろうと思った。三年前、父親が家からいなくなったときのように。知っている人がだれもいないところまで歩きつづけて、年をごまかして新聞配達かなにかの仕事に就《つ》いて……。

それから先、どうしたらいいのかは、さっぱりわからない。

結局、学校にいくことにしたときにはもう遅刻《ちこく》の時間だった。ベルが鳴った直後にこっそり教室に入ろうとしたところを見つけたロックウッド先生は、ザックをにらみつけた。席についたザックは、ノートの余白《よはく》にいたずら描《が》きをすることはなかった。『ゲーム』の物語のアイデイアが浮《う》かんでくると、気をそらそうと、ほかのことに意識《いしき》を集中させた。

ランチの時間、サンドイッチは段《だん》ボールの味がした。リンゴも投げ捨《す》てた。

放課後、具合が悪いので練習は休みますとコーチにいって、バスケをさぼった。ただいきたくなかっただけで、なんにもする気になれない。

家にむかって歩きながら、母親が仕事からもどるまでテレビを見てすごして、帰ってきたらコーチにいったのとおなじことをいおうと思った。すると、すぐあとを、アリスが追いついてきた。靴音《くつおと》ですぐにわかった。いつも通りの道を使った自分をののしった。だれかとでくわさないはずがないじゃないか。

「ねえ、ザック」アリスが息を切らしながらいった。青いTシャツを着ている。胸《むね》には半分ブロントサウルス、半分子ネコの動物の絵がついている。ドレッドヘアはヘアバンドでうしろにまとめ、耳には小さな羽根の形のイヤリングを下げていた。

アリスになんといっていいのかわからなかった。昨日、ほかの女の子たちといっしょに自分を見てクスクス笑っていたときのことをききたかった。あのとき、どうして声をかけてくれなかったのかと。でも、あのあと、いろいろなことがあって、ずいぶんむかしのことのような気がする。自分はもうおなじ人間じゃないみたいだ。

レオという子が手をふりながら近づいてきた。レオは大きなメガネをかけていて、いつも変なことをいっている。おかしなことばかりいう「でたらめ発生器」みたいだ。

「ねえ、ポピーがゆっくり歩いててほしいってさ。図書館で本を借りるんだって」

「ちぇっ」ザックはうんざりしていった。この分じゃ、学校帰りの子たちがどんどん集まってきて、それぞれの方向に分かれはじめたら、ポピーとアリスと自分だけが取り残されるんだ。そして、ポピーかアリスがこういう。「ねえ、『ゲーム』しようよ」いつものように。そうしたら、なにかいわないわけにはいかない。

「だいじょうぶ？」アリスがたずねた。

「そうだよ」レオがいう。「なんか顔色悪いよ。だれかがおまえの墓《はか》の上でも歩いてる？」そういって、パチパチとまばたきした。すくなくともレオは、いつも通りの変なやつだ。

「なんだって？」ザックはきいた。

「じいちゃんがいつもいってるんだ。きいたことない？」

「ないよ」ザックは木の葉を二、三枚《まい》まとめてけり上げながら答えた。墓ということばをきいて、昨日の夕方の帰り道のことを思い出した。風のうめき声が追いかけてきたような気がしたときのことだ。ザックはぶるっと身震《みぶる》いした。「ぼくの墓がトーマス・ペブルス小学校の前にできるってこと？　バカバカしい」

「べつに、ザックがここに埋《う》められるっていう意味じゃないよ」アリスがあきれたように目をぐるっとさせていった。「ことわざみたいなもので、いつか自分が埋められる場所の上を、だれかが歩いてるっていう意味だよ」

「じゃあ、どこだってありうるじゃないか」ザックは首を横にふりふりいった。「そんなこと知ったからって、なんの役に立つんだ？」

「役に立つとか、そんな話じゃないよ」レオがいう。「ただ、そんなことがあるってこと」

「ねえ、なにを話してんの？」ポピーがはずむように近づきながらきいた。ポピーは黒いセーターに青いスニーカーという姿《すがた》だ。スニーカーのピンクの靴《くつ》ひもは、片方《かたほう》がほどけてひきずっている。赤い髪《かみ》はふたつむすびにしていて、片方の目のアイライナーがにじんでいる。きっと、つけているのを忘《わす》れて、こすってしまったんだろう。

「なんでもないよ」ザックが肩《かた》をすくめる。

ポピーはアリスに目をやって、不満げに眉《まゆ》を上げた。「ほんとになんでもないこと？　それとも、いいたくない、なんでもないこと？」

アリスは笑顔を見せたものの、そのまま地面を見つめた。なにかにとまどっているようだ。ザックにはなにがなんだかわからない。もしかしたら、昨日のクスクス笑いと関係があるのかもしれないと思ったけれど、どうたずねたらいいのかがわからない。ときどき、アリスとポピーがさっぱりわからない外国語を話しているような気がする。いったい、いつそんな話し方を覚えたんだろう。ほんの一年前には、三人ともおなじことばを話していたはずなのに。

「迷信《めいしん》の話だよ」レオがいった。「だれかに将来《しょうらい》の墓《はか》の上を踏《ふ》まれると、無意識《むいしき》に震《ふる》えが走るとか、そんなこと」

レオはいつもむずかしいことばを使う。迷信、無意識、震えが走る。レオのお母さんが大学の非常勤講師《ひじょうきんこうし》だからだと噂《うわさ》する者もいるけれど、ザックはただ、それがレオらしさなんだと思っている。

「道路のひび割《わ》れを踏んだら、お母さんの背骨《せぼね》が折れる、とか？」ポピーがきいた。「わたし、小さかったころにやってみたことあるんだ。母さんに、すっごく腹《はら》を立ててたから。なんでそんなに怒《おこ》ってたのかは覚えてないけど。ちょっと待って、思い出した！　裏庭《うらにわ》でネートに突《つ》き倒《たお》されたから、仕返しに木の枝《えだ》でたたいたんだ。そしたら、その枝が目に当たっちゃって、血がだらだら流れてきた。あっちからはじめたことなのに、わたしがすごく怒られたんだ。それで、家の前の道路のひびを踏みつけながら、何回も行ったり来たりしてやった。そしたら、次の日、母さんは庭でころんで足首をくじいたんだよ」

「まさか」レオがいった。でも、いまの話を、心のなかでほかの不思議な話の仲間に加えたのが、ザックにはよくわかった。

ポピーは声をあげて笑った。「背骨《せぼね》を折ったわけじゃないしね。母さんがころんだのはただの偶然《ぐうぜん》。でも、そのとき、わたしはすごくこわくなったんだ。もしかしたら、わたしはすごい魔法使《まほうつか》いかなんかなんじゃないかってね」

「そのあと、何年も道路のひびは避《さ》けてたよね」アリスがいった。「覚えてる？　ポピーはいつつも、ものすごく気をつけてひびから足をそらしてたし、つま先立ちしてたよね。お掃除《そうじ》ロボットのルンバが、バレエを踊《おど》ってるみたいにくるくる避けて歩いてた」

「ルンバレリーナだな」ザックは思わずそういっていた。くだらないだじゃれだ。

「ルンバレリーナ」アリスが、片足《かたあし》のつま先でくるっとまわり、すこしバランスを崩《くず》しながらくり返した。

「なかなかうまい混成語《こんせい》だね」レオがいった。

ザックはうなずいた。レオがなにをいっているのかわからないときには、いつもそうする。

四人は、大きな尖塔《せんとう》のあるエピスコパル教会の横を通りすぎた。さらに理髪店《りはつてん》をすぎ、ザックが小さいころ、誕生《たんじょう》パーティを開いたピザ屋をすぎ、郵便局《ゆうびんきょく》、バス・ステーションも通りこし、丘《おか》の上にある大きくて古い墓地《ぼち》の横にさしかかった。ザックはこの道を何度も通っている。小さいころには母親の手をぎゅっと握《にぎ》り、すこし大きくなると、自転車のハンドルを握りしめ、いまは学校帰りに歩いて通る。ザックはこの町で育った。小さな町だし、メインストリートのたくさんの店は店じまいして、窓《まど》に「貸店舗《かしてんぽ》」の看板《かんばん》がずっとでたままになっているけれど、ザックはこの町になじんでいる。

家出をしようと空想しても、ほかの町で暮《く》らす自分を想像《そうぞう》できないことが障害《しょうがい》になっている。

「これはほんとうのことなんだけどね」レオが切りだした。「しばらくのあいだ、うちの両親はしょっちゅう引っ越《こ》ししてたんだ。それで、一度、幽霊《ゆうれい》がいるアパートに住んでたこともあるんだよ。誓《ちか》っていうけど、部屋に幽霊がいるときには、空気がすごく冷たくなるんだ。真夏でもね。そして、部屋に一か所、いつでも氷みたいに冷え切った場所があったんだ。その真上にストーブを置いても、ちっともあたたまらなかった。その場所でだれかが死んだんだね。大家さんもそういってたよ」

「その幽霊、レオは見たの?」アリスがたずねた。

レオは首を横にふった。「見たことはないよ。でも、そいつは、ときどきものを動かすんだ。母さんのカギとかね。母さんは幽霊にむかって返してちょうだいって叫《さけ》んでた。そうすると、十回に九回は、そのすぐあとに見つかるんだ。母さんは幽霊に話しかける方法を覚えろっていってる。そうじゃないと、幽霊が体の上を歩きまわるってね」

ポピーがにっこり微笑《ほほえ》んだ。『ゲーム』の物語にひねりを加えるとか、衝撃《しょうげき》的な展開《てんかい》をもたらすとか、悪党《あくとう》に大胆《だいたん》な行動をとらせるとか、これからなにかおもしろいことをいうときの癖《くせ》だ。ポピーの頬《ほお》は冷たい風でピンクに染《そ》まり、目はきらきらと輝《かがや》いている。

「こんな話、きいたことある？　墓場《はかば》の横を通りすぎるときには、息を止めてなくちゃだめなんだって。そうしないと、死んだばかりの魂《たましい》が、口から入りこんで、体を乗っ取っちゃうんだって」

ザックはぶるっと震《ふる》えた。うなじの毛が逆《さか》立《だ》つ。思わず、口に入ったときの幽霊《ゆうれい》の味を想像《そうぞう》してしまった。口いっぱいに広がるピリッとした煙《けむり》の味だ。そんな想像をふりはらおうと、地面にペッとつばを吐《は》いた。

「ウッ！」ポピーが話し終えたあとにつづいた沈黙《ちんもく》を破《やぶ》るように、アリスが声をだした。「息を止めちゃったじゃない！　吸《す》いこもうにもこわくて吸いこめないんだもん。どっちみち、墓《ぼ》地《ち》はもう通りすぎてるけど。そんな話、通る前にいってよ。幽霊に乗っ取られちゃうじゃないの」

ザックはまたしても昨日の夕方のことを思い出した。なにかがすぐうしろにせまってきて、息を吹《ふ》きかけられ、その冷たい指でつかまえられるようなあの感じだ。ポピーの話もおなじようにザックをわしづかみにした。きっと、墓地に近づくたびに思い出すことになるんだろう。

ポピーはまだ微笑んでいる。目を大きく見開き、感情《かんじょう》のこもらない、平坦《へいたん》な口調でつづける。

「わたしはもう、ポピーじゃないのかも。息を止めなかったらどうなるか、身をもって学ぶことになったのかも。わたしを乗っ取った魂が、あなたたちに警告《けいこく》してるのかも。どうせもう手《て》遅《おく》れだから。魂は、もうあなたたちのなかに入りこんでしまったのかーもー」

「やめてよ」アリスがそういって、ポピーの肩《かた》をこづいた。それから、ふたりともゲラゲラ笑いはじめた。

レオもひきつったように笑う。「これ、こわい話だね。だって、身を守るたったひとつの方法が、息を止めるってことなんだもん。必要なだけ息を止められたかどうかなんて、だれにもわからないんだし、永遠《えいえん》に息を止めておくなんてできっこないんだし」

「ポピーの笑顔が不気味なんだよ」ザックがいった。「ねえ、ポピー、笑顔が不気味だってだれかにいわれたことない?」

ポピーはすっかり満足げだ。

そのまましばらく歩くと、レオの家への分かれ道になった。レオは手をふり、広い芝生《しばふ》を横切ってトレイラーパークの方に姿《すがた》を消した。

そこからしばらくはアリスとポピー、ザックの三人だけだ。三人の家はかたまるように建っていて、ちょっと見には区別がつかないほどよく似《に》ている。ザックの心臓《しんぞう》がまた高鳴りだした。足は逆《ぎゃく》にどんどん重くなる。ザックがどれほど避《さ》けようとしても、避けることのできない会話が待っている。

第四章

空気はひんやりとしている。木の葉は明るい黄色や赤に染《そ》まり、芝生には茶色い枯葉《かれは》のカーペット。とつぜんの風がザックの頭上の枝《えだ》をゆらし、前髪《まえがみ》が目に入る。ザックはイライラと髪をはらいのけながら、雲ひとつない空を見上げた。

ザックはフィギュアのことを思った。キャラクターたちがみんなダッフルバッグに閉《と》じこめられて、ネズミに手足をかじられている。ザックはフィギュアの上をはいまわる虫や、あびせかけられるゴミを思った。まだ学校カバンのなかにある折りたたまれた質問《しつもん》の紙や、ウィリアムの見た悪夢《あくむ》は生き埋《う》めにされることだと書いたときのことを思った。

「ねえ」アリスがいう。「あとで集まらない？　いい考えがあるんだけど……」

「ぼくは無理」ザックはすぐさまそういった。昨晩《さくばん》ザックは、ベッドに寝《ね》そべり、天井《てんじょう》を見つめながら、ふたりにどう話すかを考えた。ところが、いまはなにひとつ思い出せない。ザックは息を深く吸《す》いこみ、その場で思いついたひとことだけを吐《は》きだした。「ぼくはもう『ゲーム』

はしない」

ポピーはわけがわからないというように顔をしかめた。「なにいってんの？」

一瞬《いっしゅん》、いまのことばをなかったことにできるような気がした。そして、ポピーとアリスになにがあったのか、正直に話すんだ。父親がなにをして、自分がどれほど怒《おこ》っているか、そして、怒ること以外になにをしていいのかさっぱりわからないことなんかをだ。ほんとうは、物語を中途半端《ちゅうとはんぱ》で終わらせたくないことも話すんだ。フィギュアたちを捨《す》てられたせいで、自分の一部がなくなってしまったような気がしていることを話せばいい。

「勉強が忙《いそが》しいし、バスケもたいへんだし」気持ちとは裏腹《うらはら》に、ザックは低い声でそういっていた。「あとはふたりで遊べばいいよ」

「これからずっとってこと？　もう二度といっしょに遊びたくないってことなの？」ポピーは、怒ると首に赤いしみが浮《う》きだす。いまも、風のせいでピンクになった頰《ほお》とおなじような色のしみが浮きでている。ポピーはなんとか説得しようと話しはじめた。「わたしたち、いまとても重大な局面にいるんだよ。ようやく『灰色国《はいいろ》』を通りぬけて『暗黒海』までできたところじゃない。こんなところでやめられないよ」

ザックは、人魚のリーダーと剣《けん》を交えるのを楽しみにしていた。その人魚のリーダーは、秘《ひ》密《みつ》に満ち満ちた海底の古《いにしえ》の都市への道を知っている。そして、そのなかには、冒険《ぼうけん》を完成させ、クイーンの呪《のろ》いを解《と》くための秘密もふくまれている。さらには、お約束通りサメたちとの戦いもある。さらに、もしかしたら、ウィリアム・ザ・ブレイドの出自を知る手がかりもあるかもしれないし、サメの王子の宝《たから》のありかもわかるかもしれない。その宝は、レディ・ジェイが孤《こ》児《じ》だったころにきいて以来、ずっと追い求めつづけている山積みの金《きん》や宝石《ほうせき》なのだった。物語の新しい展開《てんかい》がどれほどすばらしいかを思い描《えが》くたび、水ぶくれになった靴《くつ》ずれをこすりつけたぐらいザックの心は痛《いた》んだ。

「ぼくたち、もう人形遊びをする年じゃないんじゃないかな?」ザックは無理をしてそういった。

アリスの顔がこわばっている。

「バカなこといわないで」ポピーがいった。「昨日から、たった一日しかたってないんだよ」

「でも、そうなんだ」

「バスケのチームメートになにかいわれたの?」アリスはちらっとポピーを見ながらいった。これまでにもふたりでそんな話をしたことがあるのかもしれない。「見つかって、からかわれるって思ってるんじゃない?」

「そんなんじゃないよ」ザックはため息をついた。「ただ、もう遊びたくないだけ」

「本気じゃないよね？」とポピー。

ザックはしぼりだすようにいった。「本気だよ」

「しばらく休むっていうのはどう？」アリスがゆっくりといった。「そのあいだ、なにかほかのことをすればいいよ」

「まあね」ザックは肩《かた》をすくめた。

「それで、また気が変わるかもしれないし……」

ザックはアリスがはじめてレディ・ジェイの人形を『ゲーム』に持ちこんだときのことを思い出していた。レディ・ジェイがやってくる前、アリスのお気に入りは、肉食の馬たちの群《む》れに育てられたオーロラという名のバービー人形だった。だが、ある月曜の朝、学校にむかって歩きながら、アリスは、週末にリサイクルショップで人形を買って色を塗《ぬ》りかえたと説明した。それがレディ・ジェイだ。アリスは新しいキャラクターで遊びたがっていた。

レディ・ジェイは特別だ。三人の王国のなかで最大の都市ヘイブンのストリートで、泥棒《どろぼう》として育った。レディ・ジェイはなにを盗《ぬす》むか考えることと、いかに楽しく盗むかにしか関心がない。

レディ・ジェイは頭がどうかしている。ウィリアムの船に乗ったのは、サメの王子の宝《たから》を手に入れたかったからだ。それなのに、港に停泊《ていはく》するたび、人々から盗みつづけたので、ネプチューンの真珠号《しんじゅ》はすくなくとも五つの港で入港を禁《きん》じられてしまった。ウィリアムは次から次へとレディ・ジェイの窮地《きゅうち》を救ったが、ついには音をあげてネプチューンの真珠号からおりさせないことにした。

それ以外にもレディ・ジェイは、見せびらかすだけのために、目かくしをしたままマストをよじのぼるようなことばかりしていた。アリスが語るレディ・ジェイの悪ふざけに、ザックはいつも腹《はら》が痛《いた》くなるほど大笑いした。いまのザックも腹が痛んだ。でも、まったくちがう理由でだ。

「気が変わることはないから」ザックは表情《ひょうじょう》を変えずにいった。

「さっぱり、意味がわかんないよ」ポピーはザックにかんたんにやめさせるつもりはない。「ここでやめるわけにはいかないでしょ。大事なシーンの真っ最中だよ。みんなにはなにが起こるの？　レディ・ジェイはどうなるの？　人魚から逃《に》げられたとしても、そのあとはどうなるのよ？　船の乗組員たちは？」

ウィリアムはレディ・ジェイに約束していた。地図の上にマークをつけたサメの王子の巣までつれていってやると。ウィリアムはそれを、自分の誇《ほこ》りと、ネプチューンの真珠《しんじゅ》号の名にかけて誓《ちか》った。

「ふたりの人形に船長を継《つ》がせればいいよ」そんなことは考えたくもなかったが、ネプチューンの真珠号は、三人のだれかのものっていうわけではない。どうせただ紙を切りぬいただけのものだし、こだわる理由なんかない。

「レディ・ジェイは海につきだした板の上を歩かされるかもしれないよ」ポピーがいった。

「知ったことじゃないよ」煮《に》えたぎるような怒《いか》りがにじみでて、その声は残酷《ざんこく》なひびきを帯びていた。父親への、いまのこの会話への、そしてその他いろいろなことすべてに対する怒りだ。

「勝手にすればいいさ。ぼくにはもう関係ない」

「わかったわ」アリスは降参《こうさん》というように両手をあげていった。「じゃあ、フリーマーケットにでもいかない？　歩いていってもいいし、自転車でもいいし。古本屋をのぞいたり、ゲーセンでゲームをやってもいいよ。あっちはしばらく休みにしてさ」

アリスはフリーマーケットへいってはいけないことになっているので、これはかなり思いきった提案《ていあん》だ。

「今日はそんな気分じゃないんだ」ザックはいった。「でも、ありがとう」

そろそろ、三人の家が近づいてきた。ザックは足を速めた。

「『質問状《しつもんじょう》』の答えは？」ポピーがたずねた。

ザックは、リュックをゆすり上げ、首を横にふった。あの紙切れは、たたんでリュックの前ポケットの奥《おく》に入れた。ていねいにイラスト付きの答えが書いてある。つづきが気になっているなによりの証拠《しょうこ》だ。あれをポピーにわたすわけにはいかない。

ポピーが手をのばしてきた。

「答えは書いてないよ。どうしろっていうんだ？」

「あの紙、返してちょうだい。自分で答えを考えつくかもしれないし」

ザックは顔をしかめた。「持ってないよ。なくしたんだ」

「なくしたって？」ポピーが大声をあげた。あの紙がだれかに見つかるのをおそれているのかもしれない。もし自分だったら、やっぱりおなじだろうとザックは思った。

「リュックのなかなんじゃない？」アリスがいった。「探《さが》してみれば」

「ごめん、ほんとにどこにいったかわからないんだ」ザックはぼそっといった。

「いったい、なんなのよ？」ポピーがザックの腕《うで》をつかんでいった。「なんで、こんなに急に気が変わっちゃったの？　なにがあったの？」

ザックはポピーを見た。なにか取り返しのつかないことをいう前に、この場をはなれなくちゃならない。「さあね、ただ、もう遊びたくないってだけだよ」

「あっそう」ポピーがいった。「じゃあ、最後に一回だけザックの人形を持ってきて。そうすれば、わたしたちの人形にお別れをいえるから」

「それも無理だ。無理なんだよ、ポピー」

「ただ、お別れがいいたいだけなんだよ」ポピーの心の痛《いた》みがいやというほどわかって、まともに顔を見ることができない。「ザックの人形たちだって、そうしたいはずだよ。ローズやレディ・ジェイ、エーリンやライサンダーともう会えないなんてあんまりだよ。ザックはどうでもいいのかもしれないけど」

「みんな、ただの人形なんだぞ」ポピーにむかってそんな意地の悪いことをいうべきではないとは思っても、口にしてしまうとなんだか気が晴れた。「ただの人形は、なにかをしたいなんて思うわけないいんだ。いいかげん、バカバカしいことはやめにしよう。いつまでもおままごとなんかやってられないんだ」

アリスが息をのんでいる。ポピーの首筋《くびすじ》に浮《う》かんだ赤いしみが頬《ほお》にまで移《うつ》ってきた。ポピーは、いまにも泣きだしそうに見えた。もしかしたら、なぐりかかろうという顔なのかもしれないけれど。

でも、また話しはじめたポピーの声は、平板でぞっとするほど落ち着いている。「じゃあ、わたしがクイーンをあのガラスケースからつれだしたらどう？　母さんがカギをかくしてる場所は知ってるんだ。クイーンと遊ぶの。クイーンならすべての謎《なぞ》を知ってるし、どんな望みもかなえてくれる。どんな望みもよ。明日きてくれるなら、どんな望みだってかなうわ」

ザックはためらった。シルバーヒルを、灰色国《はいいろ》を、魔女《まじょ》の国を、そして、暗黒海すべてを支《し》配《はい》している偉大《いだい》なるクイーン。クイーンならウィリアム・ザ・ブレイドの父親がだれなのか知っているだろう。クイーンの慈悲《じひ》によってすべての罪《つみ》が許《ゆる》され、ウィリアムの呪《のろ》いも解《と》かれる。そして、ウィリアムはネプチューンの真珠号《しんじゅ》を、どこの港にも停泊《ていはく》できるようになる。

こんなことをいいだすのは、ポピーにとってものすごく大変なことだ。もし、あの人形をガラスケースからだしたことを知ったら、ポピーの母親はかんかんになって怒《おこ》るだろう。あの人形は、ものすごく古くて、ポピーの母親がいうには、途方《とほう》もない価値《かち》があるのだから。もし、紙のように薄《うす》いコットンのドレスにふれたり、カールしたもろい金色の髪《かみ》を乱暴《らんぼう》にいじったりしたら、価値は大きく下がってしまう。それに、もしクイーンがガラスの塔《とう》から解き放たれたら、世界がどうなってしまうのか、だれにもわからない。

一瞬《いっしゅん》、もう『ゲーム』のつづきがないことを忘《わす》れた。でも、思い出してショックを受けた。どれほど魅力《みりょく》的な提案《ていあん》だとしても、もう遊ぶことはできないんだ。ウィリアム・ザ・ブレイドはいなくなってしまったのだから。

「ごめん」ザックは肩《かた》をすくめて、家の方に足をむけた。

ポピーはうめき声をあげた。アリスはなにかつぶやいた。

ザックは下をむき、目をつぶり、そのまま歩きつづけた。

その夜、夕食の席で、ザックは焼いたチキンをつつきまわしていた。ぜんぜん食欲《しょくよく》がない。

「母さんにいわれて考えたんだが、おまえには大人としてふるまってほしいから、これからはもう子どもあつかいはしない」父親は大げさなほどまじめくさっていった。「母さんのいう通りだよ。おまえのものを勝手に捨《す》てたりするべきじゃなかった。おまえに正しい選択《せんたく》をするように導《みちび》くのがおれの仕事で、おまえから選択肢《せんたくし》を奪《うば》うようなことはしちゃいけなかったんだ」

父親の声の調子をきいていると、ザックは去年のことを思い出した。学校でけんかに巻《ま》きこまれたときのことだ。母親はザックがハリー・パリロにあやまるまで、校長室の椅子《いす》から立つことをけっして許《ゆる》さなかった。しかたなくザックは、自分が悪いとはまったく思っていないのに、なぐって悪かったとあやまった。いまきいた父親の謝罪《しゃざい》も、おなじくらい、いやいやいっている。

「いっしょに暮《く》らしていくのに慣《な》れるのは、かんたんじゃないのはわかってるのよ」母親がいった。「でもね、なんとかやるしかないの。ねえザック、なにかいっておきたいことはない？」

「べつに」

「よし、わかった」父親は立ち上がって、ザックの肩をたたいた。「これでおたがい、理解《りかい》しあえたってことだな？」

気まずい沈黙《ちんもく》が流れた。

最後にザックはうなずいた。確《たし》かに父親のことはよく理解できた。こいつが母さんによろこんでもらいたいだけなのはよくわかった。悪いなんてこれっぽっちも思っていないのもよくわかった。このまま許せるわけがない。

次の日、バスケの練習にでたザックは、ポピーやアリス、それに父親のことを頭からふりはらうように荒《あら》っぽいプレイをした。そのせいでコーチから注意され、そのあとは練習に参加させてもらえなかった。物語のつづきのことは、なんとか考えないようにした。自分がいなくても、空虚《くうきょ》な世界をめぐって物語は勝手に進み、やがては忘れ去られてしまうだろう。

ザックはもう一度、家出のことを考えた。でも、考えれば考えるほど、どこにもいく場所がないことを痛感《つうかん》した。

その晩《ばん》、父親がレストランに出勤《しゅっきん》したあと、母親は、テレビ前のソファで缶詰《かんづめ》のラビオリを食べさせてくれた。ほとんど会話は交わさなかったものの、ときどき不安げに自分を見る母親の視線《しせん》には気づいていた。

朝になると、母親に車で学校まで送ってもらい、放課後はアレックス・リオスと帰ってきた。ふたりはアレックスの家の地下室でテレビゲームをした。地下室といっても、きれいに改造《かいぞう》されたシアタールームで、テレビも電気屋に置いてあるものよりも大型だ。

次の日の休み時間、アリスはバスケをしているザックに近寄《ちかよ》り、手にメモをおしつけた。それを見て何人かがはやしたてた。

「いよっ、不思議の国のアリスちゃん！」

「ラブラブだね！」

立ち去っていくアリスは、強いむかい風のなかを歩くみたいに肩《かた》をいからせている。

「だまれよ」ザックはいちばん近くにいたピーター・ルイスに体をぶつけていった。

「なんだよ」ピーターがいう。「おれはなんにもいってないのに」

手わたされたメモは四角く折ってあって、青いインクでていねいに「ザックへ」と書かれていた。開いて見ると、罫線《けいせん》のある紙に三行だけ書かれていた。


クイーンのようすがおかしいの。

放課後、シルバーヒルのかくれ家にきて。

とても重要なことなの。


「重要」ということばには、三重の線がひいてある。

「バカバカしい」ザックはひとりごとをいった。

ザックはクイーンの震《ふる》えるまつ毛と、部屋を歩きまわるザックを追いかけてきた閉《と》じたままの目を思い出した。

それでも、クイーンはただの人形だ。なにか重要なことが起こるはずがない。これはただ、ポピーとアリスが、なんとか自分を呼《よ》びだそうとして考えたことにちがいない。でかけていけば、またおなじ口げんかのくり返しになってしまうだろう。ふたりはいっしょに遊びたがっているし、自分にはもうできないんだから。ほんとうの理由を話してしまう以外に、できることはなにもない。そして、自分にはほんとうのことをいう勇気がなかった。

「そのメモ、なんだって?」アレックスがきいてきた。「おまえのスリムな体がほしいってか?」

ザックはメモを半分に破《やぶ》り、さらにそれを半分に破った。「ちがうよ。ぼくの算数の宿題を見せろってさ」

その日はバスケの練習がない日だったけれど、ザックは練習があるふりをして、遅《おそ》くまで学校に残った。なんとかコーチに話をつけて、体育館でシュートの練習をさせてもらった。ザックはひとりで黙々《もくもく》と練習をつづけた。ボールがバウンドする音と、ザックのシューズがキュッと鳴る音、そして床《ゆか》にかけたばかりのワックスのおなじみのにおいと、汗《あせ》のにおいに身をまかせた。

第五章

ザックは暗闇《くらやみ》のなか、ベッドの上で目を覚ました。なぜだかわからないけれど、心臓《しんぞう》がドキドキと高鳴り、体じゅうがピリピリと興奮《こうふん》している。なにかが強い警戒心《けいかいしん》をひき起こしたようだ。ザックはまばたきをして、目を暗闇に慣《な》らした。月が高くのぼっていて、部屋を不気味な銀色の光で満たしている。なんとか、見慣れた家具の形がわかった。家の黒ネコが掛布団《かけぶとん》に爪《つめ》を食いこませて、細長い体でウーンとのびをしている。ザックに近づく黒ネコの黄色い目が、月の光をいっぱいに反射《はんしゃ》している。

「どうしたんだい？」ザックはネコのパーティにささやきかけた。手をのばしてやわらかい三角形の頭をなで、親指で耳をおさえて折りたたんだりなでたりした。パーティは頭をおしつけてきて、ゴロゴロと喉《のど》を鳴らしはじめた。

コツン

ザックは飛び上がるぐらいおどろいた。パーティはシューと音を立てた。白い歯が月の光を受けて光っている。それから、パーティはベッドから飛びおりた。なにか小さくてかたいものが窓《まど》にぶつかったようだ。

これは夢《ゆめ》のつづきではないし、空想でもない。窓の下半分をおおう青いハーフ・カーテンにかくれたガラスに、なにかがほんとうに当たった。

とつぜん、強い風が吹《ふ》いて、木の枝《えだ》が小刻《こきざ》みにゆれた。長くて骨《ほね》ばった木の指が窓をひっかいているようすを、思わず想像《そうぞう》してしまった。

小さいころザックは、怪物《かいぶつ》について、世界共通のいくつかのルールがあるんだとかたく信じていた。たとえば、ベッドから手足をはみださせずにしっかり毛布《もうふ》にくるまっていたら、あるいは目をかたく閉《と》じて眠《ねむ》っているふりをしていたら安全だ、というようなルールだ。そんなルールをどこできいたのかはわからない。けれども、毛布の下に頭をつっこんだまま寝《ね》つづけたら、窒息《ちっそく》してしまうと母親がいったのも確《たし》かに覚えている。そこで、ある夜、とつぜん思いついて、ふつうの人とおなじように毛布から頭をだして寝てみた。それでも、怪物につかまることはなかった。そして、すこしずつ、安全についての自分のルールがまちがっていたのを確かめていった。やがて、毎晩《まいばん》のように手をベッドからはみだしてたらし、足はシーツから自由にだして寝るようになった。
しかし、いまこの瞬間《しゅんかん》は、風の音でパニックがよみがえり、毛布の下にもぐりこんで二度と外にでたくない気持ちだった。

コツン　コツン

窓ガラスをたたくのはただの木の枝だ、と自分にいいきかせる。
さもなければ、不眠症《ふみんしょう》のリスが雨どいを走りまわってるんだ。
もしかしたら、近所のネコがパーティにけんかを売ろうとしているのかもしれない。

コツン

それがなにかを確かめるまで、二度と眠れそうにない。ザックはベッドからでて、はだしのままじゅうたんの上に立った。なんとか自分を奮《ふる》い立たせ、深呼吸《しんこきゅう》をすると、カーテンをいきおいよく開けた。

窓《まど》の前の屋根の上に、小石がいくつかちらばっている。それが最初に気づいたことだ。次に気づいたのは、月の光に照らされた芝生《しばふ》の上に、ザックの方を見上げるふたつの人影《ひとかげ》が見えるということだった。あんまりびっくりして声もでなかった。風で髪《かみ》をふり乱《みだ》すそのふたりがだれなのか、一瞬《いっしゅん》わからなかった。でもすぐに気づいた。ポピーとアリスだ。ゾンビでも魔女《まじょ》でも幽霊《ゆうれい》でもなかった。アリスが照れくさそうに手を上げてふっている。ポピーは片手《かたて》にいっぱい小石を持っていて、いまにもまた投げてきそうだ。

ザックはほっと息を吐《は》き、弱々しく手をふり返した。高鳴っていた心臓《しんぞう》も落ち着きはじめた。

ポピーが「おりてきて」と手ぶりをしている。

ザックはアリスから手わたされたメモを思い出していた。重要ということばに三重の線があったことも。それでも、まさか金曜の夜にそっと家をぬけだして、ここまでやってくるほど重要なことだとは思いもしなかった。もし、アリスがおばあさんに見つかったら、一生外出禁止《きんし》にされてしまうだろう。

ザックは窓際《まどぎわ》からあとずさりした。静かにクローゼットまで歩いて、スニーカーに足をつっこんだ。それから、Tシャツの上にセーターを着て、ワニ柄《がら》のパジャマのズボンのまま、しのび足で階段《かいだん》を下りた。

パーティがあわれっぽく鳴きながらついてくる。きっと、餌《えさ》をもらえると期待しているのだろう。

キッチンの常夜灯《じょうやとう》をたよりに進んで、廊下《ろうか》のフックにかけてあったコートも見つけた。電子レンジについたデジタル時計がグリーンにまたたいて時間を教えてくれた。夜中の十二時三分だ。ザックはコートを肩《かた》にかけて外にでると、パーティがでてくる前にドアを閉《し》めた。

ポピーとアリスはじっと待っている。

「ねえ」ザックは闇《やみ》にむかってささやいた。「いったいどうしたの？　なにかあった？」

「シーッ」ポピーがいう。「みんなが起きちゃうよ。さあ、いこう」

「どこに？」そういいながら、家をふり返った。二階の両親の部屋の電気はついている。母親は夜遅《よるおそ》くまで本を読んでいることがあるし、電気をつけたまま寝《ね》てしまうこともある。もし、まだ寝ていないなら、話し声に気づくかもしれない。でも、こんな夜中になにも知らされないまま、アリスとポピーについていくわけにはいかない。

「シルバーヒルよ」アリスが答えた。

そこは、一キロほどはなれたところにある、金属専門《きんぞくせんもん》の廃品《はいひん》置き場だ。オーナーは自動車の部品から空き缶《かん》まで、なんでもかんでも集めている。ただ、なんのためにそんなことをしているのか知っているものはいない。巨大《きょだい》なクズ鉄の山はただそこで錆《さ》びていくばかりで、すさまじい光景が広がっている。むきだしの金属《きんぞく》パイプや機械の部品、バッテリーなどが、銀色の山のように鈍《にぶ》く光っていることから、三人はそこをシルバーヒルと呼《よ》ぶようになった。そこは、ポピーが銀色に塗《ぬ》った小人やトロル、王女の人形が登場する三人の物語の舞台《ぶたい》にもなっている。

ザックはポピーとアリスのあとを追って走った。薄《うす》いパジャマを通して、冷たい風が肌《はだ》を突《つ》き刺《さ》す。寒いのと同時になんだかバカバカしい気分になった。しばらくすると、ポピーがジャケットから懐中《かいちゅう》電灯をひっぱりだして、スイッチをつけた。光の筋《すじ》は細くてたよりなく、視界《しかい》はせまいので、行く手を見るためには左右にふらないといけない。

ザックにも見覚えのある古くて高い金網《かなあみ》のフェンスが目に入った。そして、何年か前の夏に見つけ、三人のかくれ家にしていた古いほったらかしの小屋も見えた。その小屋はいまは使っていない。気づいたアリスのおばあさんに、さんざん破傷風《はしょうふう》のおそろしさを吹《ふ》きこまれたからだ。それがどこまでほんとうなのか、ザックはよく知らないが、それでも思い出すたび、ぞっとしてしまうほどおそろしい話だった。

あれ以来、ここにはきていない。すくなくともザックは。ポピーとアリスは、自分がいないときにここへやってきたことがあるんだろうかと思った。今晩《こんばん》のふたりは秘密《ひみつ》だらけのようだ。

自分のただひとつの秘密は、望まずに持ってしまったものだ。

アリスがきしむドアを開けてなかに入った。ザックもびくびくしながらつづく。

ポピーはささくれだらけの床《ゆか》に、あぐらをかいた。懐中電灯をスニーカーにもたせかけているので、明かりはポピーの顔を照らしている。それから、リュックサックのストラップを片方《かたほう》だけはずして、ひざの上にのせる。

「いったい、なにがどうなってるんだか、説明してくれるんだろうね」ザックはポピーの正面にすわった。パジャマのズボンを通して、木の床の冷たさがしみてくる。すこしでも居心地《いごこち》がよくなるように、もぞもぞとおしりを動かした。

ポピーはリュックのジッパーを開けた。「ザックは笑うかもしれない。でも、笑わないでいて」ポピーがいった。

ザックはアリスに目をやった。アリスは小屋の壁《かべ》にもたれている。「ポピーが幽霊《ゆうれい》を見たの」

ザックは身震《みぶる》いするのをおさえつけようとした。夜中に廃屋《はいおく》で幽霊の話なんかききたくなかった。「ぼくをおどろかそうとしてるんだろ。こんなのバカげてる……」

ポピーはボーンチャイナの人形を慎重《しんちょう》にリュックから取りだした。ザックは思わず息をのみ、口を閉《と》ざした。クイーンは目を開けていた。どんよりした黒い瞳《ひとみ》で、ザックの目をのぞきこむように見つめている。常々《つねづね》、気味の悪い人形だとは思っていたけれど、懐中《かいちゅう》電灯の光に照らされたクイーンは、まるで悪魔《あくま》のようだ。

ポピーがクイーンの顔にふれた。ディナーに使う皿のように真っ白な顔だ。ブラシの毛のように乾《かわ》いた髪《かみ》が生えていて、頬《ほお》と唇《くちびる》はうっすらとピンク色。寝《ね》させれば閉《と》じるはずの目は閉じずに、ザックを見つめつづけているようだ。薄《うす》い生地のガウンは肩《かた》のところにほころびがあるし、色の褪《あ》せた生地全体に、虫食いあとなのか、小さな穴《あな》がたくさん開いている。人形本体よりも劣化《れっか》が進んだのだろうし、ポピーのリュックで運ばれたのもまずかったんだろう。

「クイーンか」ザックはしぼりだすようにいった。わき上がってくる恐怖《きょうふ》をかくすために、なんとか皮肉にきこえるようにいってみた。「それがどうしたっていうんだよ。まさか、人形を見せるために、わざわざこんなところまでつれだしたんじゃないだろうね?」

「いいからきいて」アリスがいう。「あんたのいやみには、もううんざりだから」

これまでアリスがこんないい方をしたことはなかった。特にザックに対しては。ザックにはこたえた。

「ザックはあの日、わたしたちとはもう遊ばないっていったけど、もしかしたらって思ったんだ」ポピーは早口でそういった。「ただ、母さんがいるあいだはガラスケースからクイーンをだすことはできなかった。それで、ザックといい争いになったあの晩《ばん》、クイーンを取りだして、気づかれないようにほかのものをあちこちに動かしておいた。だけど、その夜、わたし、死んだ女の子を見たの」

「悪い夢《ゆめ》でも見たってこと?」ザックがいった。

「ちょっとでいいから、だまってて」アリスがぴしゃりという。

「あれは、ただの夢なんかじゃなかった」ポピーはクイーンのカールした髪をなでながらいった。その声はさっきまでとはちがっている。夜の空気のようにおだやかで冷たい。ポピーが悪党《あくとう》や、クイーンそのものになりきってしゃべっていたときのようだ。「あれは夢なんかじゃない。その子はわたしのベッドのはしにすわってたの。髪はクイーンとおなじようなブロンドなんだけど、もじゃもじゃで汚《よご》れてた。それに泥《どろ》だらけのネグリジェを着てた。その子はね、クイーンを埋《う》めてっていったの。自分の骨《ほね》がお墓《はか》におさまるまでゆっくり休めないからって。もし、わたしが手伝わなければ、後悔《こうかい》することになるだろうって」

ポピーはそこでことばを切った。ザックがなにか皮肉をいうのを待っているようだ。アリスは落ち着かなげにもぞもぞしている。ザックは長いあいだなにもいわなかった。ポピーのことばがつむぎだしたイメージにとらえられてしまったような気がした。汚れたネグリジェを着た女の子の姿《すがた》が見えるような気さえした。

「骨《ほね》だって?」ようやくそういった。

「ボーンチャイナの人形って、本物の骨が使われてるって知らなかった?」ポピーはクイーンの頰《ほお》を軽くたたきながらいった。「ふつうは牛の骨が使われるけど、この人形の粘土《ねんど》には、人間の骨が使われてるの。女の子の骨よ。それに、髪《かみ》はその女の子の髪なの。そして、人形の体のなかには、その子の遺灰《いはい》がぎっしりつまってる」

ザックの背中《せなか》がぞくぞくと震《ふる》えた。ポピーのひざの上の人形を見ないように目をつぶった。「なかなかおもしろい話をでっちあげたもんだ。よくわかったよ。ぼくがもう人形遊びはしないっていったから、頭にきて、ぼくをこわがらせるためにこんな作り話をしたんだな。で、どんなオチがつくんだい? ふたりのうちのどっちかが、表の木からぶらさげたシーツでもゆらしてみせるとか?」

「だからいったでしょ」アリスがポピーにむかってささやくようにいった。

「ずばり当たりだった?」ザックは顔をしかめて、外の木を見た。目に入るのは空き缶《かん》や鉄くずの山だけだ。

「ちがうわよ、バカ」アリスがいった。「わたしがいったのは、あんたは信じないだろうし、手伝うつもりもないだろうってこと」

ザックはなにがなんだかわからないというように両手を広げた。「手伝うってなにを？　その人形を墓《はか》に埋《う》めるってこと？　そんなことを手伝わせるために、夜中にぼくを起こしたっていうの？」

ポピーはクイーンを胸元《むなもと》にひき寄《よ》せた。人形の片目《かため》がザックにウィンクをするように閉《と》じたり開いたりした。「エレノア・ケルヒナーっていうの。その女の子の名前は。本人が教えてくれたんだ。お父さんは焼き物工場の職人《しょくにん》で器のデザインや絵付けをしてたんだって。エレノアが死んだとき、お父さんは完全に正気を失ってしまった。娘《むすめ》を埋めることに耐《た》えられなくて、仕事場の窯《かま》に持っていって、切り刻《きざ》んで焼いたの。そして、焼け残った骨を細かくすりつぶして、ボーンチャイナ人形用の粘土に使った。それから、エレノアが好きだった人形の型に入れて焼いた。だから、エレノアのお墓は空っぽのまま」

ザックはなんとかつばを飲みこもうとしたけれど、喉《のど》がからからに渇《かわ》いている。人形がいまにも動きだして、まばたきしながら見つめてきそうな気がしてたまらない。小さなバラのつぼみのような口を開いて、悲鳴をあげるような気もする。「その子が教えてくれたんだって？」

「毎晩《まいばん》すこしずつ、話してくれたんだ」懐中電灯《かいちゅう》の光に照らされたポピーの顔は、不気味に見える。「わたしたちの手で、この子を埋《う》めてあげるまで、安らかに眠《ねむ》ることはできないんだって。それに、わたしたちのことも休ませないって。もし、手伝ってあげなければ、わたしたちを悲《ひ》惨《さん》な目にあわせるっていうの」

ザックはアリスを見た。「それで、アリスはいまの話を信じたってこと？　なにもかも全部」

「わたしは幽霊《ゆうれい》なんてぜんぜん信じてなかった。だから最初は信じられなかった。ごめんね、ポピー。だって、あんまりにもおかしな話でしょ。それに、いまでも完全に信じてるわけじゃない。でも、ザックにあれを見せてあげなよ。信じないわけにいかなくなるから」

「あれって、なんなのさ？」

ポピーが人形の頭をすばやくひっぱった。あまりに乱暴《らんぼう》な動作に、ザックは思わず息をのんだ。けれども、あらわれたのは、ただのひもと錆《さ》びた金属製《きんぞくせい》の部品だった。ひとひねりするとクイーンの頭はかんたんにはずれた。首からは金属製の部品がぶら下がっている。ポピーは人形の胴体《どうたい》のなかに指をさしこんで、なにかを探《さが》すように動かしている。

「なにをやってるんだ？」ザックはポピーのひざの上の人形の頭を見つめながらいった。いまは両目とも閉《と》じている。

ポピーは古びた麻袋《あさぶくろ》をひっぱりだした。「さあ、手に取ってようく見て」

ザックは目の粗《あら》い布《ぬの》の袋《ふくろ》を受け取り、懐中《かいちゅう》電灯の明かりで照らした。すると、むらのある印刷の文字と数字が見えた。袋にはなにかがぎっしりつまっている。なにがつまっているのかはザックにはわからなかった。

「リバプール？」ザックは大きな声で読み上げた。母親が夜中に見ていたイギリスのロックミュージックのドキュメンタリーできき覚えがある。「ビートルズの出身地だよね。イギリスの。そんなところまでいけるわけないよ。まずは、その女の子の幽霊《ゆうれい》が、ほんとうに人を呪《のろ》えるのかどうか確《たし》かめたらいいんじゃないかな、だって……」

「わたしも最初はそう思った」アリスはそういいながら文字を指さした。「でも、よく見て。イースト・リバプールって書いてあるでしょ。それならオハイオ州だよ。バスに乗れば、朝には着く」そこで一度ことばを切った。「わたしたちでいくの。今晩《こんばん》ね。というか、もう十二時をまわってるから、今日の朝だね」

ザックは人形からアリスへと視線《しせん》を移《うつ》した。それから、ポピーを見る。「だからぼくをここにつれてきたの？」

「きのう説明しようとしたでしょ」アリスがいう。「重要なことだって」

ポピーは懐中電灯に手をのばして、自分の腕時計《うでどけい》を照らし、ザックにも見せた。「街にでたら、二時十五分のバスがあるの。フィラデルフィア発ヤングズタウン行きのバスだよ。イースト・リバプールにも止まる。ザックもくるならアリスもいくっていってるんだ」

ザックは学校の帰り道でポピーからきいた幽霊の話を思い出していた。墓《はか》のそばを通るときには息を止めていないといけないという話だ。これは、ポピーが考えだした新しい『ゲーム』なんだろうか？　空想の世界ではないリアルな世界に持ちこんだ『ゲーム』なんだろうか？　でも、わくわくするようなアイディアを思いついたとき、ポピーは楽しそうな顔をするのに、いまはぜんぜんそうじゃない。それどころか、青ざめてびくびくしている。しばらく、ぐっすり眠《ねむ》れていないように。

「ほんとうにいくつもり？」ザックはアリスを見ながらようやくそういった。アリスのおばあさんは、どれひとつ許《ゆる》さないだろう。幽霊話もバスでの遠出も。ましてや、夜中の二時に男の子といっしょにいるなんて絶対《ぜったい》に許さない。たとえ、その男の子がただのザックだとしても。

アリスは肩《かた》をすくめた。

ザックの両親も許しはしないだろう。でも、それこそがこの計画のおもしろいところでもある。それに、もし家出して二度と帰ってこないと決めたなら、どこか目的地が決まるまでのあいだ、仲間だっている。物語の世界では、孤児《こじ》の男の子はブタ飼《か》いの助手になったり、見習い魔法使《まほうつか》いになったりするものだ。リアルな世界でおなじような職《しょく》に就《つ》けるのかどうかはよくわからないけれど。

「まだ、袋《ふくろ》のなかを見てないじゃない」ザックが手に持っている麻袋《あさぶくろ》を指さして、アリスがいった。「すごく不気味なんだよ」

ザックはおそるおそる袋の口のひもを開いてなかをのぞいた。ポピーがアリスに懐中電灯《かいちゅう》を手わたす。アリスは高く掲《かか》げて、上から照らした。

一瞬《いっしゅん》、それがなんだかわからなかった。袋いっぱいにつまっているのは、貝殻《かいがら》の破片《はへん》がまじった色の濃《こ》い砂《すな》のようだと思った。それから、それが骨《ほね》を焼いた灰《はい》で、貝殻だと思ったのは骨のかけらだということに気づいた。

そう、これは遺灰《いはい》だ。幽霊《ゆうれい》の、女の子の、そしてクイーンの。

わけのわからない恐怖《きょうふ》がザックを包みこんだ。その麻袋を投げ捨《す》てたかった。小屋から飛びだして、ベッドに駆《か》けもどり、毛布《もうふ》の下で震《ふる》えていたかった。でも、じっと動かないままだ。

ザックは震える手で袋の口のひもをかたく結んだ。もう二度と見たくない。

「ポピーの計画だと、午後のバスで帰ってくれば夕食にはまにあうんだって。片道《かたみち》三時間たらずだけど、ここからでるバスはそんなにたくさんあるわけじゃない。夜中に一本と午後に一本だけなの。午後の便じゃ、帰りにはまにあわない。わたしたち、ポピーのお父さんお母さんあてのメモを置いてきたんだ」そのことばと裏腹《うらはら》に、アリスの話しぶりはだんだん自信なさげになってきた。ほんとうはおじけづいているのに、ザックがいくなら自分もいくと約束してしまったんだろうか？

「その骨が本物なんだとしたら、だれかにいった方がいいんじゃない？」ザックは話しはじめた。「女の子が死んでるんだよ。もしかしたら、エレノアのお父さんが殺したのかもしれない。もしかしたら、迷宮入《めいきゅうい》りの事件《じけん》になってるかもしれないんだよ」

「そんなむかしの話、だれも気にしないよ」ポピーがいった。「もし、だれかが関心を持ったとしても、わたしたちからこの人形を取り上げて、博物館だか美術館《びじゅつかん》だかに飾《かざ》るだけだよ。そんなことしたら、エレノアの霊《れい》はすごく怒《おこ》るだろうね」

ザックは考えた。ポピーがいったこともいわなかったことも。「その灰を見つけたのは、エレノア・ケルヒナーの夢《ゆめ》を見る前？　あと？」

「わたしはひとりでもいくから」ポピーはザックの手から麻袋を奪《うば》うように取った。きっと、ポピーは灰を先に見つけたっていうことなんだろう。「あんたたちふたりが信じようが信じまいが、わたしはエレノアが望む通り、お墓《はか》に埋《う》めにいく」

夜中にバスに乗って、知らない街にむかうなんて、あまり気が乗るようなことじゃない。でも、ちょっとした冒険《ぼうけん》のようでもある。

「わかった」ザックはいった。「ぼくはいくよ」

アリスはおどろいたように目を見開いてザックを見た。そこではじめて、自分がいくといいだすなんて、アリスは考えてもみなかったんじゃないかと思い当たった。もし、いくといいだすと思っていたなら、あらかじめ相談してきたはずだ。

「ぼくはいくよ」ザックはもう一度いった。「ただし、ぼくがもう二度と『ゲーム』をしない理由はきかないって約束してくれるならね。どう？　そのことはもう口にしない。それでいい？」

「いいよ」ポピーがいった。

「いいわ」とアリス。

「よし、それでいい」ザックがいった。

「それじゃ、いそいで準備《じゅんび》してきて」ポピーがいう。「お父さんお母さんにメモを残してきてよ。心配させないように。朝早く起きちゃったってことと、夜にはもどるってことだけ書けばいい」

「帰りのバスはちゃんとあるんだよね？」アリスがたずねた。「ほんとうね？」

「うん。計画は万全だよ。食べ物とか必要なものだけ持ってきて。いいよね、ザック？　二十分後に郵便受《ゆうびんう》けのところで待ってる」

ポピーが懐中電灯《かいちゅう》のスイッチを切ったので、一瞬《いっしゅん》、小屋のなかは真っ暗になった。ザックはまばたきをして、目を慣《な》らそうとした。目が慣れたころには、ポピーはクイーンをしまっていた。それで、すくなくともウィンクをするあの不気味な頭は見えなくなっていた。

ザックは静まり返った道路を家にむかって歩いた。スニーカーは草におりた露《つゆ》でぬれている。まるで、起きている人などどこにもいないような静けさが世界じゅうをおおっている気がする。魔法《まほう》と可能性《かのうせい》に満ち満ちているようだ。

そっと家にもどったザックは、しばらくのあいだ、暗いキッチンに突《つ》っ立っていた。自分がとてつもなく大胆《だいたん》なことをしようとしているような気になってくる。ようやく、食料庫に足を踏《ふ》み入れたときには、偉大《いだい》な冒険ファンタジーのために食糧《しょくりょう》を調達しているような気がしていた。大量のジャーキーや、なにかで読んだ、南北戦争の兵士たちが食べていた堅《かた》パンを探《さが》しにきた気分だ。もちろん、どちらもないし、フロドやサムが滅《ほろ》びの山にむかうあいだ飢《う》えをしのいだエルフのレンバスも、いつもどんなものなんだろうと思いつづけてきたユダヤ人の食べ物マッツォもない。見つかったのはオレンジソーダの缶《かん》がひとつとクラッカーがひと箱、オレンジが三個《こ》に赤いリコリスグミとピーナツバターひとびんだけだった。ザックはそれらを全部リユックにつめた。

自分の部屋にもどるとジーンズにはきかえ、セーターもジップアップトレーナーに着替《きが》えた。それから、必要だと思うものを手当たりしだいリュックにつめる。お金が二十三ドル（そのうちの二十ドルはおばさんが誕生日《たんじょうび》のカードといっしょに贈《おく》ってくれたものだ）、有毒植物を見分ける本（ほとんど可能性《かのうせい》はないかもしれないが、万が一、荒野《こうや》で木の実を食べて生きていかなくてはならないときのため）、いまでは小さすぎるけどジッパーをフルに開けば毛布替《もうふが》わりにはなる寝袋《ねぶくろ》などだ。廊下《ろうか》のクローゼットでは懐中《かいちゅう》電灯を見つけた。それから、裏口《うらぐち》のそばにあったガーデン用のハンドスコップも拾い上げた。

でかける前にメモを書いてベッドの上に置いておいた。

早く目が覚めたのでバスケをしにいきます。

夕食までには帰れないかも。

永遠《えいえん》に帰ってこないかもしれないけど。そう思ったけれど、書きはしなかった。

家からでて、そっとドアを閉《し》めながら、一瞬《いっしゅん》、やっぱりだまされてるんじゃないかと思った。

ポピーが最後にひと芝居《しばい》打ったのかもしれない。

しかし、あの遺灰《いはい》は本物っぽかった。

しまいには、自分でもよくわからなくなっていた。あの幽霊《ゆうれい》話を半分信じかけているからなのか、これまでいつもポピーが導《みちび》く物語に従《したが》ってきたからなのか、ただ単に、ここから逃《に》げられるチャンスだからなのか、どうせ帰ってこられるとわかっているからなのか。

帰ってきたいと望みさえすれば。

第六章

ザックはハッピーエンドではない物語には慣《な》れていた。父親は自分たちが住む場所のことをこんな風に呼《よ》んでいた。ペンシルベニア州のドコデモナイ郡西部にあって、ウェストバージニア州のワスレルベシ郡と、オハイオ州のワスレラレシ郡に接《せっ》していると。ザックが小さかったころ、それらは魔法《まほう》めいた地名に思えたけれど、いまではただの皮肉だったことがわかる。

ザックの母親はアートセラピストになるための学校に通ったが、唯一《ゆいいつ》仕事に就《つ》くことができたのは少年院だった。そこの少年たちにアートに取り組ませるには、母親はそのたびに必要な道具を運びこみ、終わると回収《かいしゅう》しないといけない。なぜなら、母親の上司は、少年たちが筆記用具で目をつつきあったりするのではないかとおそれているからだ。

いまではフロリダに住むザックの母親の両親は、よくむかしの話をきかせてくれた。有名建築家《けんちくか》が建てた、町の真ん中にあったビクトリア様式の大きな家のことやなんかだ。いまのようにいくつにもわけてアパートとして使うのではなく、一軒《けん》まるごと一家族だけで使っていたという。ザックの祖母《そぼ》は、自分が幼《おさな》かったころに知っていた人たちのことも話してくれた。町からでていって成功した人たちの話だ。きいていていちばん幸せだったのは、ザックの両親が語る、これからはなにもかもがうまくいくという話だった。ただ、ふたりともほんとうに信じているようではなかったし、いまではザックも信じられなくなっていた。

三年前、ザックの父親がでていったとき、父親はフィラデルフィアで自分のレストランをはじめて、イタリアにパスタ作りの修業《しゅぎょう》にいき、地元のケーブルテレビで深夜にコマーシャルを流して、それをきっかけに大金を手に入れるんだといっていた。でも、その二か月後、近所の安アパートに移《うつ》ってきて、ザックの生活に出たり入ったりした挙句《あげく》、結局、家にもどってきた。町にはそこに住む人たちになんらかの影響《えいきょう》を与《あた》える力があるみたいだ。ザックにもそれはわかっていたけれど、それだけのことだと思っていた。父親がもどってきたのも、都会で道を切り開くことができなかったからなんだろう。それだけのことだ。

大人になるというのは、ほとんどの物語が嘘《うそ》だと知ることなんじゃないかと思っていた。バス停は寒くて、ザックの吐《は》く息が白くなった。風も強くなってきた。レンガ造《づく》りの郵便局《ゆうびんきょく》の外に、寄《よ》りそうように立つ三人に容赦《ようしゃ》なく吹《ふ》きつける。チカチカと点滅《てんめつ》する街灯の光で、ザックはふたりをじっくり見た。ポピーは赤銅色《しゃくどういろ》の髪《かみ》をポニーテールにして、深緑色のセーターにジーンズと茶色のロングブーツといった姿《すがた》だ。アリスはざっくりした赤いコートを着ている。ふたりともリュックサックを片方《かたほう》の肩《かた》にひっかけている。

ザックの目は、ついついポピーのリュックに吸《す》い寄《よ》せられる。なかにはクイーンがいて、なぜそう思うのかはわからないけれど、その目はしっかり開いている。クイーンに背《せ》をむけても、背中に視線《しせん》が突《つ》き刺《さ》さる気がする。背筋《せすじ》がぞっとして、鳥肌《とりはだ》が立ち、ぶるっと身震《みぶる》いした。

バスはもう十五分遅《おく》れているというのに、やってくる気配はない。道路にはほかの車も走っていない。すこし前、三人は遠くにパトカーを見つけて、建物の壁《かべ》に貼《は》りつくように身を寄せた。かくれているあいだじゅう、ポピーはアリスのコートが目立ちすぎるとつぶやいていたし、アリスはアリスで、ただお泊《と》まりにいくだけのつもりだったのに、まさか今晩《こんばん》、わけのわからない場所へいくことになるとは思ってもみなかったとつぶやき返していた。けれども、パトカーは角を曲がって見えなくなった。次にあらわれたのはトラックで、スピードを落としもせずに走り去った。

アリスはあくびをした。「もう帰った方がいいんじゃない？　バスは、きそうもないよ」

ザックもつられてあくびをした。

「やめてよ」ポピーがいう。「すぐにくるから」

「疲《つか》れてるからって、ぼくたちにキレるなよ」ザックがいった。

ポピーは明らかに怒《おこ》っているけれど、いい返しはしなかった。「バスに乗ったら、寝《ね》ればいいから」

アリスは唇《くちびる》をかんで、待ちくたびれたように道路の先を見ている。待つ時間が長くなればなるほど、アリスはうれしそうだ。このままバスがこなければ、ちょっとした深夜の冒険《ぼうけん》を楽しんだあと、三人ともベッドにもどることができると期待しているんだろう。アリスは臆病者《おくびょうもの》になるのはいやだけれど、いきたくないと思っているのも明らかだ。もし、アリスのおばあさんに気づかれたら、お芝居《しばい》の練習も、お泊まり会も、ザックやポピーと遊ぶこともできなくなってしまうだろう。この先、永遠《えいえん》に。

ザックにはそうしたことが全部わかるので、かわいそうな気がしていた。でも、口にだしていうほどではない。自分勝手だとは思うものの、アリスにはいてほしい。

「あと二分待とう」アリスがいった。「それでもこなかったら帰ろうよ。わたし、凍《こご》えそう」

ポピーは返事をしなかった。

「あと一分五十九秒」アリスがいう。「一分五十八秒」

バス停の標識《ひょうしき》を見ながら、ザックは見ず知らずの街のバス停で下車するのはどんな感じなんだろうと思った。

「イースト・リバプールに着いたあと、どこにいくのかはわかってる？　エレノアをどの墓地《ぼち》のどの墓《はか》に埋《う》めるのか、ちゃんとわかってるんだろうね？」

ポピーは口を開いたものの、ことばがでてこない。ちょうどそのとき、三ブロック先の角をバスが曲がってきて、ヘッドライトで三人を照らした。バスが近づくのを見て、ポピーは心底ほっとしているようだ。それを見て、ザックははじめて、ポピーがどれほど不安だったかわかった気がした。アリスの顔は、恐怖《きょうふ》に凍《こお》りついている。

「無理にいかなくてもいいんだよ」ザックはアリスにささやいた。意地悪にはなりきれない。

「やめてよ」アリスはバスから目をそらしてため息をついた。「べつにいいの。ただ疲《つか》れてるだけ。どっちみち、ポピーの家に泊《と》まりにいったはずのわたしがこっそり家に帰ったら、おばあちゃんには質問責《しつもんぜ》めにされちゃう」

以前門限《もんげん》を破《やぶ》ったとき、アリスは丸々一か月、外出禁止《きんし》にされた。お気に入りのミュージカルの映画版《えいがばん》を、ポピーや芝居《しばい》仲間と見にいったときだ。車で送ってくれるはずのだれかの親が約束の時間にやってこなかったとか、ひとりひとりを送るのに時間がかかりすぎたせいだとかいった理由で、結局、アリスは門限の三十分後に帰ってきた。で、それでおしまい。ドカーン。

アリスはひどい目にあった。外出禁止だけでなく、電話もインターネットもなにもかも禁止された。

アリスが本心ではいきたくないと思っているのは、ザックにもわかった。それでも、どっちみちやっかいな目にあうのなら、冒険《ぼうけん》にでて、あとはなんとかなればいいと思っているのもわかる。

バスのドアが、きしみながら開いた。短く刈《か》りそろえた白いあごひげの運転手が三人を見下ろした。耳には小さな金のリングをぶらさげている。ザックは不機嫌《ふきげん》で気むずかしい魔法使《まほうつか》いみたいだと思った。「乗るんなら、さっさと乗ってくれ」

ザックとポピー、アリスはステップをのぼって、それぞれ、運転手の横の料金箱にお金を入れた。チケットが三枚《まい》とおつりが音を立ててでてきた。ザックは編《あ》み物をしている女の人や、眠《ねむ》っている大学生らしい三人組、なにかひとりごとをいいながら窓《まど》の外を見ている男の人の横を通って通路を進んだ。

ザックはポピーを従《したが》えて一番うしろの席までいってすわった。アリスもしばらくしてやってきて、窓際《まどぎわ》にすわった。

「ほらね」ポピーはおかしなヨガのポーズのように足を組んでいった。「計画通りでしょ」

「このバス、ほんとうにくるなんて信じられない」アリスがささやくようにいった。

ザックは床《ゆか》に置かれたポピーのリュックに目をやった。ポピーはクイーンの頭をちゃんと元にもどしたんだろうか。それとも、バスが角を曲がるたびに、リュックの底でころがるんだろうか。すこし開いたジッパーからクイーンのブロンドの髪《かみ》が幾筋《いくすじ》かでているところが目に浮《う》かぶようだ。

バスはなにもなかったように音を立てながらバス停をはなれた。ザックはにやにやと笑いはじめた。三人だけで家をでて、本物の冒険《ぼうけん》をするんだ。これまでとちがう自分になれるような冒険を。ぞくぞくする。

「さっきの質問《しつもん》の答え、まだきいてないよ」ザックはいった。「どの墓地《ぼち》かはわかってるの？行く先はわかってるんだよね、ポピー」

「お墓《はか》はヤナギの下にある。あとはエレノアが教えてくれる」

「エレノアが教えてくれる、って？」ザックは静かな、けれどもすごむような調子でき返した。

「これまでだって、ずいぶん教えてくれたでしょ」ポピーが答える。そのいい方に、ほんとうは正しくないと思いながらも、信じてしまいそうになる。さらにポピーは答えようのない問いかけをしてきた。「もし、わたしのいうことが信じられないのなら、なんでついてきたのよ？」

いらだったザックは、座席《ざせき》の背《せ》に頭をぶつけるふりをした。ポピーは無視《むし》している。

アリスは両足を座席の上にのせ、窓《まど》によりかかっている。靴《くつ》のままの片方《かたほう》の足はザックの太ももの上にのっている。すごく疲《つか》れて見えるけれど、不機嫌《ふきげん》そうではない。「すこし寝《ね》るね」

ザックはアリスの足首に自分の手をのせた。こうしておけば、すべり落ちることはない。

「順番を決めようよ」ポピーがいった。「冒険物語のなかみたいに、順番で見張《みは》りをするの。そうすれば、乗りすごさずにすむでしょ」

「いいよ」ザックはそういって、握《にぎ》りこぶしを突《つ》きだした。「さあ、ジャンケンだ」

アリスはなんとか眠《ねむ》らないようにまばたきをしながら手をだした。結局、最初の見張りがポピーで、ザックは二番目、アリスは最後になった。ザックは自分のリュックに頭をのせて目をつぶった。

眠れる気はしなかったけれど、いつのまにか眠ってしまったようだ。しばらくして、ポピーの鋭《するど》い悲鳴で目が覚めた。

ザックは体をしゃんと起こした。さっき、ひとりごとをいっていた年寄《としよ》りが、すぐ前の席に移《うつ》ってきていた。その男は、ポピーの方に身を乗りだしていて、つかんでいたポピーの髪をちょうどはなしたところだった。

「ほんの冗談《じょうだん》だよ、かわいいお嬢《じょう》ちゃん。ちょっかいだされるのには慣《な》れてるんだろ?」男の臭《くさ》い息がザックにかかった。洗濯機《せんたくき》に一晩《ひとばん》置きっぱなしにされたぬれた服や、長い試合のあとのバスケットシューズのようないやなにおいだ。もじゃもじゃの髪《かみ》には白いものが混《ま》じり、かさかさの顔の半分は無精《ぶしょう》ひげにおおわれている。青白い指先はタバコのニコチンで黄色くなっていた。「こいつは兄ちゃんか? 兄ちゃんにもいたずらされるんだろ?」

「そう、お兄ちゃんだよ」ポピーはすかさず嘘《うそ》をついた。「お兄ちゃんは、わたしが知らない人と話すのがきらいなの」

男は声をあげて笑った。下の前歯が何本かぬけている。男はザックの方にむき直った。「おれはこのかしこい妹に、このバスがおまえさんたちをいきたい場所につれていってくれるかどうかは確《たし》かじゃないんだぞと教えてやっただけだ」からかっているのは明らかだけれど、すごく不気味だった。「あの運転手を信用しちゃだめだ。やつはとんでもないもうろくじじいで、ときどきエイリアンに乗り移《うつ》られちまうんだ」

アリスが身じろぎして目を開けた。まばたいて夢《ゆめ》を追いはらっている。男に気づくと目を大きく見開きリュックをつかんだ。「いったいなにがあったの?」

「わかったよ」ザックは男にむかってそういい、前かがみになって、なるべくポピーとのあいだに入ろうとした。小さいころ、父親によくいわれた。女の子を守るのは男の責任《せきにん》だと。それをきいた当時のザックはますますこわくなった。女の子をがっかりさせてしまうのがいやだったからだ。「アドバイス、ありがとう」

男はさらに笑い顔になった。「おやおや、小さな紳士《しんし》がこのティンシュー・ジョーンズさまにたてつこうってのかい。おれとやろうってのか？　女の子たちの前でいいかっこうがしたいってのか？　それに、あっちにいるのはだれだ？　おまえたちの妹じゃないな。おまえら三人はいったいなにをしてる？　家出か？」

アリスは前のめりになった。「わたしたち、なにもしてない」

「ねえ、わざわざ近づいてきて、話をしてくれてありがとう」ポピーがなだめるようにいう。「でも、もういいかげん……」

「あいつはイカれてる」ティンシューは指で自分のこめかみのあたりをこつこつたたいた。お気に入りの話題にもどろうとしているようだ。運転手のことだ。「あいつは完全にイカれてる。ときどき、正気を失うのさ。ときどき、急にバスを止めてバスからでていって、しばらくぶらぶらうろつくんだ。それにときどき、やつらと会合だ。ピカピカの宇宙船《うちゅうせん》のなかでな。おまえたちにも光は見えるだろうさ。やつがエイリアンと話してるあいだ、乗客はほったらかしだ」

アリスはひじでザックをこづき、眉《まゆ》を弓なりにして、目を大きく見開いている。

「わかったわ」ポピーがいった。「わたしたち、気をつけるから」

「おまえさん、ほんとうにきれいな髪《かみ》をしてるな」ティンシュー・ジョーンズはいやらしい笑みをアリスにむけた。そしていきなり、アリスの編《あ》みこんだ髪を一房《ひとふさ》、指でひっぱった。「小さなロープみたいじゃないか」

アリスはあわててのけぞった。

「さわるなよ」ザックがいった。

「かたいこというなって。じゃあ、こういうのはどうだ？　妹とおしゃべりさせてくれたら、おまえたちふたりは放っておいてやるよ」ティンシューはポピーの腕《うで》をつかもうとした。ポピーはシートに深く沈《しず》みこんで、ふれられるのを防《ふせ》いだ。

「やめろ！」ザックがいう。

ティンシューは笑い声をあげた。「おまえたち、みんなひどくびびってるな。ちぢみ上がってるぞ。ところで、おれはブロンド娘《むすめ》には話しかけるつもりはないからな。おまえたちもやめておいた方がいいぞ。あの目つき、気に食わねえ。あの子は、だれも傷《きず》つけたことはないっていうだろうが、信じない方がいい。おまえら、痛《いた》い目にあうぞ。あいつはよろこんでおまえらを痛めつけるだろうよ」

三人ともブロンドではない。それどころか、ザックが見る限《かぎ》り、ブロンドの人はバスにはひとりも乗っていない。そこにはないものを見てしまうほど頭がおかしくなるのって、どんな感じなんだろうとザックは思った。幻覚《げんかく》を見るとき、本物とおなじくらいくっきりと見えるものなんだろうか？　それとも、輪郭《りんかく》がぼやけていたりして、集中すれば区別がつくものなんだろうか？

「そろそろ、ほかの席に移《うつ》るころなんじゃない」アリスがことさら背筋《せすじ》をしゃんとのばしていった。まるで舞台《ぶたい》の上に立っているみたいに。「似《に》てないかもしれないけど、わたしもきょうだいなの。養子だけどね。もうこれ以上、兄さんと話すのはやめてちょうだい」

「おいおい、なにをいってるんだ」ティンシューは胸《むね》ポケットから紙袋《かみぶくろ》に入った小さなびんを取りだした。「おれは黒帯を持ってるんだぞ。エイリアンがあらわれたら、おれが必要になるぞ」

バスが角を曲がってスピードをゆるめた。前方に明るく照らされたバス・ステーションが見える。ザックはほっとため息をついた。

「いいか、見てろよ。運転手は乗客を置き去りにして、ぶらぶらでていくぞ。もどってきたときには、顔がちがってるはずだ。エイリアンに乗り移《うつ》られてな。そうなったとき、おまえたちにわかるのか？」

バスのほかの席は静かで暗い。明かりは中央の通路を照らす二筋《ふたすじ》の光と、編《あ》み物をする女性《じょせい》のすわっている前方の席だけにともっている。そこまでは、ものすごく遠い感じがする。編み物をするカシャカシャという音とティンシューの声だけがきこえている。

もう何分かすれば、バスをおりることはできる。でも、そのあとはどうする？　イースト・リバプールまでは、まだまだ距離《きょり》があるはずだ。ここは見知らぬ街の見知らぬバス・ステーションだ。

「よく気をつけるんだな」ティンシュー・ジョーンズがまっすぐにザックを見ていった。「エイリアンどもにつかまらないように。それが兄貴《あにき》の役目ってもんだ。おまえはただひとりの男なんだから、エイリアンどもに妹たちの顔を盗《ぬす》まれないように、せいぜい戦うんだな。エイリアンは赤毛が好きだぞ。やつらはおまえたちをダイアモンド・ゴーストの洞窟《どうくつ》につれさって、二度と帰してもらえないんだ」

「だけど、エイリアンは洞窟になんか住まないよ」アリスがいった。そもそも意味のない話に対しては、なにをいってもむだなのに。「エイリアンは空の上に住んでるの。宇宙船《うちゅうせん》にね」

ザックは、ティンシュー・ジョーンズを刺激《しげき》するようなことはいうなと、アリスに目配せした。

バスはきしみながら止まった。ドアが開き、頭上のライトがついた。そのせいでか、ティンシューの肌《はだ》が黄ばんで見える。紙袋《かみぶくろ》に入ったびんから一口すると、立ち上がる。

「やつに知ってるってことを見せるんだな。いや、いちばん安全なのは、その席から動かないことだ」

三人はおたがいに顔を見合わせた。

「ぼくはトイレにいってくる」ザックがいった。

「じゃあ、そうすればいい」ティンシュー・ジョーンズがいった。「かわりにお嬢《じょう》さんたちを守ってやるよ。それと、おまえさんがもどってきたとき、元とおなじ顔かどうか確《たし》かめてやる」

「わたしたちが兄さんを守るっていったら？」アリスはそういって立ち上がった。

ティンシュー・ジョーンズは首を横にふる。「おまえたちは、いっしょにはいけないさ」

一瞬《いっしゅん》、ザックはティンシューに通路をふさがれて、バスからおりられなくなるんじゃないかとおそれた。けれどもそのとき、運転手が立ち上がって、ザックたちの方に顔をむけた。ザックはほっとため息をついた。

ティンシュー・ジョーンズは、この路線のバスには何度も乗っているはずだ。あの運転手はエイリアンのためにしょっちゅうバスを止めるなどというぐらいなんだから。だとしたら、ティンシューは以前にも乗客にいやがらせをしているにちがいない。きっと運転手はこちらにやってきて、ティンシューを元の席にもどらせてくれるだろう。それで、すべて解決《かいけつ》だ。

ところが、運転手はザック、ポピー、アリスをじっと見つめるだけで、バスからおりてしまった。助けてくれるようなことは、なにひとつしなかった。

ティンシュー・ジョーンズは、自分がめんどうな目にあわないことを最初から知っていたように、にやりと笑った。

ポピーがティンシューをおしのけて、通路を通りぬけた。あまりにとつぜんだったので、ティンシューは、ぽかんと口を開けたままなにもできなかった。ザックもアリスの手をひいて、通路を突《つ》き進んだ。ティンシュー・ジョーンズがアリスにつかみかかる。すると、アリスは血も凍《こお》るような悲鳴を短くあげた。その声に、学生たちは目を覚まし、編《あ》み物をしていた女の人はふりむいた。ティンシューもその声におどろき、アリスから手をはなした。

「エイリアンに顔を盗《ぬす》まれてからおれに泣きついてきても遅《おそ》いんだからな!」ティンシューがうしろから叫《さけ》んだ。

三人がバスからおりて、バス・ステーションに走りこんだとき、運転手はバス・ステーションの職員《しょくいん》ふたりとタバコをふかしながら立ち話をしていた。バス・ステーションのなかにはベンチと自動販売機《じどうはんばいき》がならんでいて、明るい蛍光灯《けいこうとう》がともっている。アリスはベンチに倒《たお》れこむようにすわった。目には涙《なみだ》がにじんでいる。アリスもザックとおなじくらいおそろしかったようだ。

「これから、どうしたらいいの?」ポピーはリュックを片方《かたほう》の肩《かた》にひっかけたまま、行ったり来たり歩いている。

「これはポピーの計画だろ」そういってから、ザックはしまったと思った。いまのは身勝手ないい方だった。でも、疲《つか》れているし、混乱《こんらん》しているしで、どうしたらいいのかまるで思いつかない。自分が役立たずに思えた。

「あのバスにはもどれない」アリスがいう。

「だれかに話したらいいんじゃないかな。おまわりさんとか。深夜のバス・ステーションの近くには、おまわりさんがいるもんだろ?」

「ええ、いいわね。おまわりさんは、おまえたちは何歳《なんさい》だってきくだろうけどね」アリスが頭をふりふりいった。「そしたら、すぐに家族に電話するでしょうね」

ザックはバスの運転手の方を見た。職員《しょくいん》のひとりがトランシーバーにむかってなにか話している。もうひとりの職員はザックたち三人を見ていた。

「ここからでた方がよさそうだ」ザックがいった。

「どうして?」アリスがいう。でも、運転手たち三人が立っているのに気づいて、あわてて立ち上がり、リュックを肩《かた》にひっかけた。

ザックはポピーの腕《うで》を取った。「さあ、いそいで。いくぞ」

「だけど、わたしたち、なんにもしてないのに」ポピーは歩きだしながらいった。「なんで、わたしたちの方なのよ。あいつじゃなくて。悪いのはあいつの……」

「ぼくたちが子どもだからだよ」ザックはポピーのことばをさえぎるようにささやいた。

「それに、すごく目立つしね」アリスも小さな声でいった。「ねえ、ポピー、わたしたちは女子トイレに入って、そのあとそっとぬけだそう。ザックは外で待ってて。自動販売機《じどうはんばいき》でなにか買っておいてよ。さあ、ゆっくりね」

ザックは深呼吸《しんこきゅう》してから、せいいっぱいなんでもないように大きな声をあげた。「じゃあ、バスで待ってるから」

アリスはにっこり笑って、大げさにうなずいた。自然にふるまっているつもりだ。ポピーも

なんとか真似《まね》をした。

職員のひとりがザックの方に近づいてきた。靴音《くつおと》が人けのない空間に高くひびきわたる。いそいでいるようすはないものの、ただぶらぶら近づいているというには無理がある。ザックは、走りだしたいのをがまんしながら出口にむかって歩きはじめた。一瞬《いっしゅん》、自動販売機に目をむけて立ち止まった。機械に反射《はんしゃ》して、職員が近づいてくるのが見えた。青い制服《せいふく》がやけに威圧《いあつ》的だ。

ザックはドアを目ざした。

「おい、きみ、ちょっと」職員がザックを呼《よ》び止めた。

ザックはドアをすりぬけると、建物

の角を曲がった。ちょうど、アリスが女子トイレの窓《まど》からでてきたのが見えた。ポピーもつづいて飛びおりた。三人は知らない街の暗闇《くらやみ》のなかへと駆《か》けこんだ。

第七章

三人はタトゥー・パーラーの建物のかげにかくれて、排気《はいき》ガスをまきちらしながらでていくバスを見ていた。あのイカれた男と、朝までにイースト・リバプールに着くチャンスの両方を乗せたバスを。ザックはバス・ステーションでエネルギーを使い果たして、いまは骨《ほね》の髄《ずい》まで疲《つか》れていた。思わずまぶたが閉《と》じそうになるような疲れ方だ。ザックはレンガの壁《かべ》にもたれて、立ったまま眠《ねむ》れるものなんだろうかと考えた。

「ここはどこなの？」アリスがようやく口を開いた。息が白い。

「それに、どうやってここからぬけだす？」ザックは壁からはなれていった。「ここがなんていう街なのかも知らないのに」

ポピーがつづける。「イースト・リバプール行きのこの路線は、一日二便しかないの。次の便は午後だから、それに乗ったら夜までには帰れない」

「イースト・リバプールのことは忘《わす》れましょ。もう帰ろうよ」アリスが緊急《きんきゅう》のときだけ使っていいことになっている携帯電話《けいたいでんわ》を取りだしながらいった。

「ああ、そうだね」ザックがいう。「だけど、そんなことできる？」

ポピーがポケットからバスの時刻表《じこくひょう》と古びた地図をだした。「見たければ見れば。でも、わたしが話した以上のことはなんにもわからないから」

アリスが時刻表を受け取って開き、バス停の名前を真剣《しんけん》に見はじめた。まるで、そうしているうちに、いまいる場所の名前に行き当たるとでもいうように。

「ちょっと待ってて」ザックはそういって、路地の奥《おく》にむかって歩きはじめた。そこからだとバス・ステーションの正面が見える。ザックがもどってきた。「イースト・ロチェスターだってさ。表示《ひょうじ》がでてた。だけど、それってどこ？」

ポピーがアリスに寄《よ》りそって、薄暗《うすぐら》い月明かりをたよりに時刻表をのぞきこんだ。「イースト・リバプールまで、バス停はあとふたつだけだね」ポピーがいった。「もう、すぐそこまできてるんだよ」

「まだペンシルベニア州もでてないんだよ」アリスがいい返す。「まだ、なにもはじまってないって」

ポピーは地図を開いて大げさにたたいてみせた。「見てよ。オハイオ州って書いてある」それから、首を横にふった。「ごめん、そうじゃなくてオハイオ川だった」

アリスはコートをぎゅっとひき寄せて、ビルのうしろの階段《かいだん》にすわった。すぐ横に大きなゴミ収集箱《しゅうしゅう》がぼんやり見えている。「トムに電話して、車で迎《むか》えにきてってたのめない？」アリスの声はパニックを起こしかけているようにきこえる。いまはまだ落ち着いているように見えるけれど、長くはつづかないだろう。

ポピーはちらっとアリスを見ただけだ。「兄貴《あにき》がこんなところまでくるわけないよ。あのポンコツ車じゃね」

「じゃあ、お姉さんは？」アリスは髪《かみ》のたばの先をかみながらきいた。

ポピーは首を横にふる。「姉さんの携帯はこわれてて、まだ新しいのに買い換《か》えてないんだ。連絡《れんらく》はつけられない」

アリスは、顔をしかめて自分の携帯を見ている。「リンダおばさんになら電話できるかも。すごく怒《おこ》ると思うけど、きっときてくれる」

「おばさんは、おばあさんにいうんじゃない？」ザックがいった。

アリスは深いため息をついた。肩《かた》を小刻《こきざ》みに震《ふる》わせている。「たぶんね。そしてわたしは一生外出禁止《きんし》になるんだ。芝居《しばい》もやめさせられる。なんてみじめなの。だけど、ほかになにができるっていうの?」

ザックはアリスのおばあさんに、自分たちがしていることを、ひとつでも理解《りかい》してもらえるだろうかと考えた。おばあさんは頭のもげた人形の不気味な話も、幽霊《ゆうれい》も、はじめからありもしない呪《のろ》いの話もききたくないだろう。

「わたし、もどらないから」アリスのとなりにすわっていたポピーがいった。「次のバスを待って、先に進む」

「だけど、次のバスは午後までこないっていってたじゃない。日曜まで帰れなくなるよ。どこで寝《ね》るつもりなの?」アリスがいった。

ポピーは深いけれど落ち着きのない息をしている。アリスがポピーを置き去りにするようないい方をしたことで、ポピーがショックを受けているのがザックにはわかった。ザックはアリスに帰ってほしくなかった。アリスは突飛《とっぴ》なようで現実《げんじつ》的なアイディアをだすのが得意だからだ。もしポピーが、海の底の神殿《しんでん》にいかなくちゃいけないといいだしたなら、アリスはその神殿の残骸《ざんがい》のコンクリートを見つけだすだろう。アリスが帰ってしまったら、ポピーと自分だけでは、なにかとんでもない失敗をしてしまうにちがいない。

「アリスのいうとおりだよ。クイーンを埋葬《まいそう》するのは来週でもいいんじゃないかな。なんなら再来週《さ》でも」ザックがいう。「たいしてちがわないだろ?」

緊張《きんちょう》したときの癖《くせ》で、ポピーが猫背《ねこぜ》になった。「このまま進まないんなら、やりとげることはできないよ。無理なんだって。アリスとザックがいいわけをしてやめて、わたしがおじけづいたら、エレノアはだれかべつの人にとりつくわ。わたしは幽霊に見限《みかぎ》られちゃうだろうから、わたしには物語のヒーローになる資格《しかく》はないってことになる。ヒーローにはなれない」

「だれにだって物語はある」アリスがつぶやいた。「だれだって、自分の物語のヒーローなんだ。国語の授業《じゅぎょう》でエバンス先生がそういってた」

「ちがうよ」ポピーが低い冷たい声でいった。「世の中には、なにかを成しとげる人と、なんにもやらない人がいる。いつかはやるといいながら、結局はやらない人だよ。わたしは冒険《ぼうけん》をしたい。いつもそう思ってた。そして、いまわたしは冒険に乗りだしたの。あともどりはしない。冒険が完結するまで家には帰らない」

ポピーのいうことは正しいのかもしれない。ザックは父親の顔を思い浮《う》かべた。なにかをやりたいと思いながら、なんにもしなかった男の顔だ。そして決意した。バカバカしいことかもしれないけれど、幽霊に話しかけられるようなおもしろい人間になりたかった。クイーンが骨《ほね》から作られていたり、人間の遺灰《いはい》がつまっていたりすることは、家からはなれればはなれるほど不気味さを増《ま》しているとしても。

アリスは居心地悪《いごこち》そうに小さく笑った。まるで、ポピーがいったヒーローについてのことばが、ほんとうは自分自身の考えに近いとでもいうように。

夜中に家をでて、バス・ステーションから逃《に》げだすこと自体、すでに冒険《ぼうけん》みたいなものだ。そう考えると、自分たちはとてもうまくやっているのかもしれないとザックは思った。いつのまにか、ザックの疲《つか》れた脳《のう》みそは『ゲーム』モードになって、ウィリアムのように考えていた。

「ぼくたちがいますぐ帰らなかったらどうなる?」ザックはとつぜんたずねた。「だれにも電話しないで、トラブルにも巻《ま》きこまれないようにするんだ。そうしたら、なにが起こったか知ってる人はだれひとりいないよね。だとしたら、今晩《こんばん》のバスで家に帰ったら、つまりイースト・リバプールにはいかないで家に帰ったら、アリスのおばあさんには、なにも知られる心配はない。うまくいけば、イースト・リバプールにいって、帰りのバスに乗ることだってできるかもしれない。なんとかイースト・リバプールまでいく方法を考えるんだよ。必要なら歩いていったっていい。川沿《ぞ》いに何マイルもあるってわけじゃないだろうから。そうすれば、冒険は無事完結だよ。多少の足踏《あしぶ》みはあったとしてもね」

「暗いなかを歩くの?」アリスがきいた。

「やってみる価値《かち》はあるかも」ポピーが顔を輝《かがや》かせた。「それに、アリス、やっかいな目にはあいたくないんでしょ？」

「わたしは疲れてるし、いまは真夜中だよ。電池の切れかけた懐中《かいちゅう》電灯で、ちゃちな地図を見ながら、携帯《けいたい》のコンパスアプリをたよりにしたい気分じゃないの」

ザックは北極星をたよりに船の舵《かじ》を切るウィリアム・ザ・ブレイドのことを考えた。そして、まばたきしながら夜空を見上げた。まずは北斗七星《ほくとしちせい》を見つけて、そこから北極星を探《さが》せばいい。あれが北極星だ。北極星さえ見つかれば、道に迷《まよ》うことはない。

「道を見つけよう」話しながら、ウィリアムの声が混《ま》じっているような気がした。ウィリアムはいなくなったのに不思議なことだ。「それから、野宿する場所を見つけよう」

「野宿？」ポピーがきいた。

「夜が明けるまでね」野宿は疲れるかもしれないけれど、ウィリアムならいいだしそうなことだ。ウィリアムはいつもめんどうに巻きこまれているので、めんどうなことをいやがらない。それどころか、ウィリアムはめんどうが大好きだ。「まずは持ってきたものを食べようよ。ほら、時刻表《じこくひょう》の小さな地図だって川沿いにいくだけでイースト・リバプールに着くのがわかるよ。ぼくたちの冒険はまだ失敗したわけじゃない」

「歩いていくっていうの?」アリスがいった。「ふたりともどうかしちゃったんじゃない?」

「ご婦人《ふじん》よ、しばし休もうではありませんか」ザックはアリスに腕《うで》をさしだしながらいった。いまこのときばかりは、ザックに迷《まよ》いはなかった。「われらの粗末《そまつ》な食糧《しょくりょう》で宴《うたげ》をおこなおうではありませんか。火をおこし、われらの骨《ほね》をあたためましょう。そして、夜が明けたならば、なにをなすべきかも決まるでしょう。美しきご婦人よ、朝には家にもどりたいとお望みなら、われらも考慮《こうりょ》いたしましょう」

アリスは疲《つか》れたように笑って、ザックがさしだした腕に自分の腕をからめた。「いいわ。でもわたしは夜明けには家にむかいたいの。その線に沿《そ》って計画を立ててね」

「ねえ、ザック、『ゲーム』が恋《こい》しいんでしょ」ポピーが勝ち誇《ほこ》ったように微笑《ほほえ》みながらいった。「またいっしょに遊びたいんでしょ? 認《みと》めなよ」

ザックは急に立ち止まって、ポピーにむき直った。魔法《まほう》は解《と》けてしまった。「その話はするなっていっただろ。もうその話はしないって約束したじゃないか」自分でも思いがけず、声がとがっている。ほとんど怒鳴《どな》り声だ。ポピーがあとずさりした。

「まあまあ」アリスがザックの肩《かた》をつかんで、路地の方にむきを変えさせた。「凍死《とうし》しそうにならない限《かぎ》り、わたしは家には電話しない。野宿する場所を見つけて暖《だん》を取ってすこし眠《ねむ》ったら、もうこれ以上、やっかいなことにならないように考えましょう」

「レディ・ジェイなら路上でも楽に生きぬくだろうね」ポピーが無邪気《むじゃき》にいった。

ザックはポピーをにらみつけた。

「なによ？　わたしはアリスに話してるんだよ。アリスとなら『ゲーム』について話してもいいんでしょ？　それについては、なにもいわなかったもん」

アリスがため息をついた。「ふたりがなんでけんかしてるのか、わたしにはさっぱりわからない。ふたりとも、このおかしな冒険《ぼうけん》をつづけたいんじゃないの？」

「幹線《かんせん》道路は避《さ》けないとな」ザックは前方の細い道を指さしていった。「地図と懐中《かいちゅう》電灯を持ったぼくらを見たら、その人はぼくらのこと、迷子《まいご》か家出かって思うだろうね。バス・ステーションの連中がそうだったみたいに」

「あの人たち、ほんとうにわたしたちを追いかけようとしたのかどうか、わかんないじゃない」ポピーがいった。「あの頭のおかしな男のこと、あやまりたいだけだったかもよ。それか、わたしたちがバスに乗りそびれるのを心配してくれたか。そうじゃなければ、わたしたちの顔を取ろうとしたエイリアンだったかも」

ザックはあきれたように眉《まゆ》を上げ、歩きはじめた。

「うん、最高だね。暗くて不気味な道を通っていこうよ」アリスはそう皮肉をいいながらも、ザックのあとにつづいた。「地図を見せて」

ポピーが懐中電灯《かいちゅう》といっしょに手わたした。路地のアスファルトにはひびが入っていて、つまずかないように気をつけないといけない。レストランの裏口《うらぐち》に山のように積まれたゴミ箱のあいだを縫《ぬ》うように歩く。

まるで、街のなにもかもが眠《ねむ》っているように、奇妙《きみょう》なほど静かだ。自分たちの足音が数ブロック先まで大きくひびきわたる。ザックは気味が悪いと思うのと同時にわくわくしていた。つかのま、世界じゅうが自分たちのものになったような気分だ。

「ここに森が広がってるね」アリスが地図をふりながらいった。「川のそばよ。森に入るにはハイウェイをわたらなくちゃいけない。そんなに遠くないけど」

「森は深そう？」

「そうでもない。公園みたい。子ども用のブランコがあるような公園じゃないけど、水辺の小さくて安全な感じの森だよ。小さすぎて火をたくのはむずかしそうだけど、道路からわたしたちの姿《すがた》が見えるほど小さくはないみたい」

ザックはうなずいて、アリスに先頭に立ってもらった。どっちみち、火のおこし方なんか知らない。野宿にはつきものっていう感じがするだけだ。シチューを作ったり、ギターを弾《ひ》いたり、リンゴ酒をジョッキからすすったりするのとおなじように。

「それにしてもひどいアイディアね」アリスが歩きながらつぶやいた。「なんで、いいアイディアだって思っちゃったんだろう。最低にひどいアイディアなのに」

三人はスーパーマーケットの前を通りすぎた。ドーナツ店の前も通った。閉《し》まっているけど、店内には明かりがついている。ドーナツ生地と溶《と》けた砂糖《さとう》のいいにおいがただよってくる。ザックのお腹《なか》が鳴ったので、リュックからリコリスグミを取りだした。おいしそうなにおいと比《くら》べると、リコリスは甘《あま》いゴムみたいだ。

ザックはリュックをひっかきまわし、アリスとポピーの分のリコリスも取りだしてわたした。ふたりもお腹をすかしているかもしれないと思ったからだ。

「ありがとう。ご親切なお方」ポピーが小さくお辞儀《じぎ》をしていった。

「つきあうつもりはないよ」ザックはそういって、わざと乱暴《らんぼう》にリコリスをかじった。

ポピーはうらめしそうにザックを見た。でもそれはバカげたことだ。ほんのすこし前に、ザックの芝居《しばい》がかったことばをからかったばかりなのだから。自分からはじめておいて、なぜポピーが動揺《どうよう》しているのか、ザックにはよくわからなかった。もし、ポピーがザックをからかったりしなければ、ザックだってわざわざやめる必要もなかった。

「もうやめたら？」アリスが懐中電灯《かいちゅう》で歩道を照らしながらいった。アリスは赤いリコリスを口のはじからぶら下げながらかんでいる。まるでマンガの葉巻《はまき》を吸《す》うシーンみたいに。

ポピーが自分の足元を見ている。「わたしたち、疲《つか》れてるせいでイライラしてるだけだよ」

ザックはどうして疲れることになったのか、ひとことといってやろうと思ったが、そんなことをしたら、自分の方がイライラしているのを証明《しょうめい》するようなものだと気づいてやめた。

ハイウェイは何車線もある広い道路だ。もっと幅《はば》の広い陸橋もある。でも、朝の四時半の道路には、トラックが一台見えるだけだ。ヘッドライトが昼間のように明るく道を照らしている。そのトラックが轟音《ごうおん》を立てて通りすぎると、ポピーとアリスは手をつないで中央分離《ぶんり》帯まで走った。ふたりはコンクリートのブロックをすばやくよじのぼった。脚《あし》の長いザックは軽々飛び越《こ》えた。それから、走ってくる車は一台も見えなかったけれど、反対側の車線も走って横切った。

森との境界《きょうかい》は、低い雑木《ぞうき》がはびこった急な下り坂になっている。三人は倒木《とうぼく》をまたぎ、でこぼこした地面を進んだ。長いツルをのばした植物が足をひっかく。それでも、ほんの二、三分歩いただけで、道路からすっかりかくれることができたと感じた。道路のむこうにはイースト・

ロチェスターの街明かりが見えている。反対側には、さざ波を立ててきらきらと光を放つオハイオ川の水面が目に入った。

第八章

「さあ、着いた」アリスが懐中電灯《かいちゅう》の光を手でさえぎっていった。「ほんとうにここで眠《ねむ》れると思う？」

ハイウェイがすぐそばを走っているとはいっても、木の枝《えだ》が頭上をおおい、地面からただよう枯葉《かれは》が発酵《はっこう》したようなにおいをかいでいると、ザックは自分の知る世界から何百万マイルもはなれたところにいるような気がしていた。ドラゴンが頭上を飛びまわり、魔法《まほう》が通用するファンタジーの世界にいるみたいだ。

ポピーが木の根に腰《こし》をかけた。「ウワッ。ここはまるでわたしの『暗黒世界』みたいにじめじめして寒いよ。ハンモックかなにかがいるんじゃない？」

ザックは地面にひざをついた。地面はしめっていた。服にしみこんできて、すっかりぬらしてしまうようなしめり方だ。ザックは木にもたれかかった。絶望感《ぜつぼうかん》におし流されそうだ。冒険《ぼうけん》にでるというアイディアは気に入った。でも、自分は冒険についてなにを知っていただろう？

荒《あら》っぽい冒険なんかには慣《な》れていない。虫や泥《どろ》、そのほか兵士や海賊《かいぞく》ならかならずでくわすようなものにも慣れていない。野宿に近いような経験《けいけん》といえば、たった一度、おじいさんの家の裏庭《うらにわ》に古いテントを張《は》ったときぐらいだ。結局、テントはクモだらけで、ザックはクモから逃《に》げようとして、古いテントを破《やぶ》いてしまった。

もたれていた木からはなれると、ザックはリュックのジッパーを開けて寝袋《ねぶくろ》をひっぱりだした。片側《かたがわ》に防水《ぼうすい》加工がされているので、全開にしてレジャーシートのように広げれば、三人ですわってもだいじょうぶなぐらいの広さになる。しめった地面からも守ってくれるかもしれない。

「これ、持ってきてよかったね」アリスが広げるのを手伝いながらいった。「わたしが持ってきたのは着替《きが》えと歯みがき粉、それにポピーにもらったクッキーだけだもん」

「家にこっそりもどれなかったんだから、しかたないよ」ポピーは寝袋の上にはい進むと腰を下ろし、自分のリュックのなかを手さぐりしはじめた。「それに、わたし、前もって、いろいろ相談しておかなかったから」

ポピーにしてみれば、それは謝罪《しゃざい》といってもいいことばだった。

ポピーはリュックからクイーンを取りだした。両目とも開いていたが、ポピーがあちらへこちらへと傾《かたむ》けるうちに目は閉《と》じた。クイーンの頭が元にもどっているのを見て、ザックはほっとした。ただ、ポピーがあわてて直したせいか、きちんとはまらず、すこしだけうなだれるような姿《すがた》になっている。そのうなだれた姿勢《しせい》と閉じた目のせいで、クイーンも自分たちとおなじように疲《つか》れて見えた。不思議なことに、それを見て、ザックは元気づけられたような気がした。ポピーはクイーンを寝《ね》かせると、ドレスのしわをのばし、またリュックに手をのばした。ポピーはなかから薄手《うすで》のブランケット、安全ピンをいくつかとバンドエイド、すこしつぶれたチョコレートバー一本、ベビーキャロット一袋《ふくろ》、傷《きず》のついたリンゴ一個《こ》、パーカと靴下《くつした》一足、ノート一冊《さつ》と人魚の人形たちを取りだした。

「これで全部なの。もし、ほしいものがあったらあげるから」ポピーはいった。

「また交代で見張《みは》りをしよう。バスでやったみたいにね」とザック。ザックはピーナツバターのびんとクラッカーとオレンジ、それにオレンジソーダの缶《かん》をリュックからだしてならべた。喉《のど》が渇《かわ》いたのでソーダ缶はそのまま手に取ってプルタブをひく。ブクブクと泡《あわ》がでてきたので、あわてて缶を草の小山の上に置いた。それで、こぼれたソーダは地面に吸《す》いこまれていった。それから、大きく一口飲んだ。

泡が喉の裏《うら》ではじけて、ザックは満足した。

ザックはみんなが小さかったころの出会いを思い出していた。ザックが玄関前《げんかんまえ》の階段《かいだん》にすわって、ぼろぼろになった古い『おばけ桃《もも》が行く』を読んでいると、ポピーが自転車で家の前の道を行ったり来たりしていた。ポピーは自転車を止めて、自分もその本を読んだと話しかけてきた。おもしろかったけど『魔女《まじょ》がいっぱい』ほどじゃなかったという。そして、『いじわる夫婦《ふうふ》が消えちゃった』は読んだかとたずねた。ポピーはおなじころアリスとも仲よくなった。カーニバルで見かけて声をかけたらしい。カーニバルではほかの子たちはみんな妖精《ようせい》やネコ、ピエロの扮装《ふんそう》をしていたのに、ふたりだけはバットマンにでてくるバットガールのペイントを顔にしていたからだ。はじめて三人で遊んだとき、三人とも頭に血がのぼるまでジャングルジムでさかさまにぶらさがっていた。頭に血がのぼれば、脳《のう》がいつもより働いて、心に思い描《えが》いただけでものを動かすことができるかもしれないと思ってのことだ。

ずいぶんむかしのことのような気がする。

「見張るってなにを?」アリスがソーダ缶に手をのばしていった。「ここで人食い鬼《おに》やクマやオオカミに襲《おそ》われる心配はなさそうだけど。それに、気持ちの悪い頭のおかしいバスの乗客もね。ここは小さな公園だよ」

「だれかが見張りをしてる方が、安心して眠《ねむ》れるだろ」ザックはクイーンの不気味で眠たげな顔を見ながらいった。ザックは自分たちが目を閉《と》じているあいだ、この人形が起きだして、うろつきまわったりしないのをだれかに見ていてほしかった。「なんなら、ぼくからやるよ」

「わたしが起きてる」ポピーがいった。「一時間ぐらいたったら、どっちかを起こすっていうのでどう？」

「わたしは起こさないで」アリスがあくびをしながらいった。

「じゃあ、ぼくが二番目だ。もし、眠《ねむ》くなったらぼくをけって起こしていいから」

ポピーはうなずいた。ザックは残っていたオレンジソーダを二口で飲み干《ほ》した。アリスは大きな赤いコートを脱《ぬ》いで、すばやく着替《きが》えている。ジーンズをはいて、ネコ耳のついた青いパーカをグレーのワンピースの上に身につけた。それから、コートをかぶって丸くなった。目を閉じたと思ったら、あっというまに眠ってしまったようだ。

ポピーは薄《うす》いブランケットをケープのようにまとい、木の幹《みき》にもたれてすわって川の水面を見ている。ザックの目は薄暗い月明かりにも慣《な》れて、ポピーの固く決意したように食いしばったあごも見えた。

ポピーのひざの上にはクイーンがいて、ポピーといっしょに見張《みは》りをしているように目を開けている。でも、その目はどこを見るでもなく、骨《ほね》のように白い顔は薄暗がりに浮《う》かび上がっ

て見えた。ポピーの手はクイーンの胸《むね》に置かれている。まるで、動きださないようにおさえているようだ。見つめているうちに、ザックのなかでおそろしい想像《そうぞう》がどんどんふくらんだ。クイーンが、ザックの方にむかってでこぼこの地面をじわじわと近づいてきて、ふっくらした腕《うで》をのばしてくる。ザックはポピーにたのんで、クイーンをリュックに入れてもらえないかと考えた。

ポピーが首をかしげてザックの方を見た。「なに？」ポピーがささやく。

知らないうちに見つめていたことに気づいて、ザックはクイーンを指さした。低い声で話す。「どれもこれも、『ゲーム』なんじゃないの？　正直に教えて」

ポピーは心外というように目を細めた。「これは現実《げんじつ》なんだよ、ザック」

「わかったよ」いい争う元気もないほど疲《つか》れていたので、広げた寝袋《ねぶくろ》に寝そべり、片腕《かたうで》を枕《まくら》にした。「ぼくの番になったら起こして」

ポピーはうめくような声をだして「わかった」と伝えた。ザックは目を閉《と》じた。

ザックは夢《ゆめ》を見ていた。川のそばに建つ大きなビルの煙突《えんとつ》から煙《けむり》がでている。それから、急に視界《しかい》がぐっと前に進んで、黄色い髪《かみ》の女の子が、自分の父親を見つめているシーンを見た。

その父親は、ろくろをまわして、ボーンチャイナ製《せい》のきれいなものを作っている。内側から光を放っているように見えるほど薄《うす》くて白いティーポットは、紙のように薄い磁器《じき》でできたバラやユリ、葉っぱで飾《かざ》られている。息を吹《ふ》きかけたらこわれてしまいそうに繊細《せんさい》な花びんもある。その花びんは本物の金を使った水玉模様《もよう》で飾られている。

エレノア。

その名前が頭に浮《う》かんだとたん、女の子はザックの方を見た。黒い瞳《ひとみ》の大きな目が、幽霊《ゆうれい》でも見たように見開かれる。

視界がぼやけて、今度は大きくてがんじょうそうな家の前に立って、やせこけて鼻のとがった女の人を出迎《でむか》えているところだ。なぜそれがわかったのかは知らないが、ザックはその女の人がエレノアのおばさんだとわかった。半年前に亡《な》くなったエレノアのお母さんの代わりに、エレノアのめんどうを見るために街からやってきたところだ。エレノアの父親は、再婚《さいこん》するつもりはない。

「子どもは汚《きたな》いものです」おばさんはそういって、エレノアに外で遊ぶのを禁《きん》じた。その代わりに家事を手伝わせた。窓《まど》をふいたり、床《ゆか》をはいたり、家具を動かしたりといった仕事だ。

「子どもはものをこわします」おばさんはそういって、エレノアの父親がエレノアのために作った人形を取り上げ、こんな貴重《きちょう》なものは持たせられないと告げた。

おばさんは、エレノアの父親が工場から持ってきたボーンチャイナの失敗作といっしょに人形をならべた。ツタのカーブがうまくいかなかったボーンチャイナのコーヒーポットは食堂のサイドボードの上だ。小さすぎるティーカップのセットや、ワニの足がついたボウルもあった。あまりにおそろしくて、だれもほしがらなかったものだ。ほかにも数えきれないほどの花びんもあった。形がゆがんでいたり、飾《かざ》りの金泥《きんでい》がにじんでいたり、焼く前に傷《きず》がついてしまったり、窯《かま》からだしたときに花の飾りがこわれたりしたものだ。じきにどのサイドテーブルの上にも、失敗作が置かれるようになり、エレノアはそれらをこわさないように、客間を通るときにはつま先立ちでそっと歩かなければならなかった。

ザックはエレノアが床《ゆか》をはいたり、銀器をみがいたり、ベッドの下に物をかくしたりするようすをじっと見ていた。インクで印をつけて目に見立てた洗濯《せんたく》バサミがあった。ひもでしばって、首と頭を作った枕《まくら》もある。父親とおばさんが寝室《しんしつ》に下がったあと、エレノアは暗い部屋でそれらを取りだして、ささやき声で遊んだ。むかし持っていた人形とおなじ名前で呼《よ》んで。

ザックは目を覚ましてまばたいた。頭上には白い雲を浮《う》かべた青空が広がっていた。

緑や茶色の木の葉を通して太陽がさしこみ、地面に明るい点と暗い影《かげ》のまだら模様《もよう》を作っていた。海にいるのかと思うような音がきこえてきた。父親がいなくなったあとのある年の夏、ザックたちは海辺に建つ祖父母《そふぼ》の家ですごしたことがあった。そのときは、毎朝、砕《くだ》けるような波の音で目を覚ましていた。

でも、ここは海じゃない。そして、オハイオ川の音でもないことにすぐ気づいた。それは森を通してきこえてくるハイウェイの音だ。車やトラックが駆《か》けぬける音が、まるで波が砕ける音のようにきこえているだけだ。

ザックは体を起こしてまばたきをし、こわばった手足をのばしながらまわりを見た。アリスはコートを羽織《はお》って寝袋《ねぶくろ》の上で寝ている。ドレッドヘアが顔にかかっていて、白い綿毛《わたげ》か羽が肌《はだ》にいくつかついている。ポピーも寝ていた。木にもたれたままだ。見張《みは》りをしているうちに眠《ねむ》ってしまったのだろう。

ふりむくと、ザックの頭のすぐうしろの地面にクイーンがいた。眠る前にいた場所からずいぶんはなれている。黒い瞳《ひとみ》の目は大きく開いていて、前のめりにザックを見つめているようだ。こうして昼の光のなかで見ると、ガラスの目は目の穴《あな》よりすこし小さくて、はしの方にすきまができているのがわかった。アリが一匹《ぴき》、そのすきまからはいだしてきて、目を横切り、額《ひたい》をよじのぼって、髪《かみ》の毛の草むらに入っていった。ザックは跳《は》ね起きて、あわててクイーンから遠ざかった。心臓《しんぞう》がドキドキ打っている。

草の上には白いものがもっとたくさんちらばっていた。雪のようだと思ったけれど、ふと、それがなんなのかに気づく。寝袋《ねぶくろ》の中身だ。なにかが外側の生地を切り裂《さ》いて、中綿《なかわた》をひきずりだし、あたりにばらまいたようだ。持ってきた食べ物もちらばっていた。

ベビーキャロットは地面の上にばらまかれている。ピーナツバターは近くの木の幹《みき》にぬりつけられていた。びんは自分でころがっていったかのように、岩のそばにころがっている。クラッカーは粉々《こなごな》に砕《くだ》かれてばらまかれ、チョコレートバーは半分に折られている。金色の包み紙の断片《だんぺん》が紙ふぶきのようにちらかっている。だれがこんなことを、と思ったザックの目が、人形の空疎《くうそ》な目とあった。さっきのアリは、いまは骨《ほね》のように白い頬《ほお》の上だ。

クイーンを見つめていると、リスが一匹《ぴき》、ふたの開いたピーナツバターのびんに駆《か》け寄《よ》って、ふわふわの毛におおわれた体をなかにつっこんだ。

ザックはあらためて、前の晩《ばん》のことを思い起こした。夜中にポピーとアリスに起こされて、クイーンの話をきかされ、バス停まで歩いてバスに乗り、暗闇《くらやみ》で野宿した。どれもこれも、遠いむかしに起こった、本のなかのできごとのような気がする。知らない街の小さな森で一晩《ひとばん》すごすなんて、ありえないことのように思えた。

ポピーの手の届《とど》かないところにいるクイーンをふりむき、もうひとつのありえないことについて考えた。この場所をこんな風にめちゃくちゃにしたのは幽霊《ゆうれい》なんだろうか？　エレノアはクイーンのガラスの目を通して、ぼくのことを見ていたんだろうか？　ザックの背筋《せすじ》がぞくっと震《ふる》えた。

腹《はら》を立てている幽霊といっしょに、どこだかわからない場所にいて、エレノアの墓《はか》にたどりつく方法も思いつけないでいる。

これがやっかいなことでなくてなんだろう。

第九章

ザックはアリスの肩《かた》をゆすって起こした。アリスはうめき声をあげながら体のむきを変えた。アリスのドレッドヘアは切り裂《さ》かれた寝袋《ねぶくろ》の上に広がって、さらに白い中綿《なかわた》だらけになった。

「あと五分」アリスがもごもごという。

「アリス」ザックは、アリスの二の腕《うで》をつつきながら静かな声でいった。「ちょっとおかしなことが起こってるんだ。さあ、起きて、見てみてよ」

目を開けたアリスは、ザックの姿《すがた》を見ておどろいているようだ。「ここはどこ?」

「ペンシルベニア州イースト・ロチェスターの川辺だよ」ザックは肩をすくめながらいった。そのしぐさで、アリスがおどろく気持ちはよくわかるよ、と伝えたかった。

アリスはまわりを見てからもう一度ザックに目をすえて、さらにわけがわからなくなったというように眉《まゆ》をつり上げた。「いったいだれが……」

ザックはまずはポピーに、そしてそのあとクイーンの方に目をやった。

「幽霊はいると思う?」声を落としたままたずねた。「ぼくはまちがいなくいると思うようになった」

「きっと、アライグマだよ」アリスがいう。まわりを見れば見るほど、アリスの顔が恐怖《きょうふ》でひきつっていく。「だれかひとりは見張《みは》りをするんじゃなかった？　ザックがそういってたんだよね」

「アライグマだって？　ほんとうにそう思う？」

アリスはゆっくりうなずいた。自分でも確信《かくしん》が持てなくなっているようだ。「もしかしたら、ポピーかも。ポピーが見張ってたんだから」

「ポピーはそんなことしないよ。こんなバカげたことをできるはずない。だいたい、アリスはポピーが話した幽霊のこと、信じてるんだと思ってた」

「信じてた。信じてる。よくわかんない。いっしょに『ゲーム』をするのは楽しかったから」アリスは太ももに手を当てて立ち上がり、歩きまわりながら震《ふる》えている。「ひどすぎるよ。こんなの信じられない。きっと動物のせいだよ。そうじゃなきゃ、わたしたちが帰りたがったから、ポピーが腹《はら》を立てて、先に進ませようとしてるのかも。どっちにしても、これは幽霊のせいなんかじゃない」

「昨日の夜は、本物の冒険《ぼうけん》みたいだったよね」そういいながら、ザックはいまもまだ冒険気分だということに気づいた。むしろ、その度合いはもっと増《ま》したような気がするくらいだ。ただ、その質《しつ》は変わってしまったけれど。ザックはこわかった。腕《うで》には鳥肌《とりはだ》が立っている。アリスもこわいんだろうと思った。だから逆《ぎゃく》に、もう幽霊《ゆうれい》なんか信じたくないんだろう。

けれども、ザックはこれが本物であってほしいと願っていた。狂《くる》おしいほどに。

これがほんとうに起こっていることなのだとしたら、世界には魔法《まほう》が存在《そんざい》する余地《よち》があるっていうことになる。そして、もしこれが魔法なのだとしたら、だれもが父親のような物語を持たなくてもいいことになる。大人たちが語る、やりたいことをあきらめて、いやいやながら成長するという物語だ。たとえこれが悪い魔法だとしてもかまわない。そもそも、いい魔法より悪い魔法の方が断然《だんぜん》多いような気がする。家にいるときには、魔法を望む自分にとまどっていた。でもここは森のなかだ。あっても不思議じゃない。ザックは、人形の冷酷《れいこく》なガラスの目をのぞきこんだ。クイーンが手をのばせば、ザックの顔にふれられそうなくらい近くから。

魔法があるのなら、なにが起こってもかまわない。

ザックはポピーのことばを思い出した。冒険に乗りだした以上、あともどりはしないということばだ。もし、ここでぐずぐずしていたら、もう次はない。

そして、夢《ゆめ》も思い出した。

「ぼくはエレノアのしわざだと思うんだ。ぼくたちが本気にならないから、怒《おこ》ったのかもしれない。目的地に着く前にバスをおりたことを怒ってるのかもしれない。それにもしかしたら、アリスが家に帰りたがってることも」

「わたしはアライグマだと思う」アリスはコートを拾い上げて、肩《かた》にかけながらいった。「エレノアの話は、ポピーが考えだしたことだって賭《か》けてもいい。それに骨《ほね》の話は図書館で読んだ本から思いついたんだと思う。べつに意地悪でいってるわけじゃないよ。ポピーにかかると、なんでもおもしろくなるしね。でもときどきやりすぎちゃうって思わない？」

ザックはいわれたことをじっくり考えてみた。アリスはアライグマだといった。でも、それ以外にアリスが話したことは、すべてポピーがやったと示《しめ》している。最後まで起きていたのはポピーだし、なんとか冒険をつづけてもらおうと必死になっている。ぼくをこわがらせようとして、クイーンをすぐそばに置いたと考えてもおかしくはない。「じゃあ、あの灰《はい》はなんなの？あれは本物だった」

アリスはうなずく。でも、同意しているといううなずき方ではない。「それについてもずっと考えてた。たぶんポピーはグリルから灰を取ってきて、チキンの骨のかけらを混《ま》ぜたんだと思う。わたしたちがあれを見たのは暗い場所だったでしょ。お芝居《しばい》ではそんな小道具をしょっちゅう使ってる」

昨日の夜、自分もおなじように全部いんちきなんじゃないかと考えたことを思い出した。それでも、とちゅうからは納得《なっとく》したし、その気持ちを手放したくないと思うようになった。ザックはアリスに自分が見た夢《ゆめ》の話をして、アリスはまちがっているといいたかった。でも、夢だけではなんの証明《しょうめい》にもならない。ただポピーが話したことを夢に見ただけのことだ。映画《えいが》を見たあとで、映画のなかに自分が入りこんだような夢を見るように。あれが真実なのか、それとも、ただ脳《のう》が再構成《さいこうせい》しただけなのか、さっぱりわからない。

どっちみち、アリスは興味《きょうみ》をなくしてしまったようで、ザックのリュックのジッパーを開けて手をつっこみ、なにかを探《さが》しまわっている。「なにか残ってないの？　食べる物」

「いや、もうないと思う」

リュックからだした手には、小さく折られた紙が握《にぎ》られていた。アリスはその紙を広げはじめた。「なに、これ？　メモ？　なにが書いてあるの？　男子の秘密《ひみつ》とか？」

ザックにはそれがなんなのかわかった。

「返して」ザックは手を突《つ》きだしていった。

アリスは立ち上がって読みつづける。アリスの顔から微笑《ほほえ》みが消えた。おどろきの表情《ひょうじょう》に入れかわる。ザックには自分の手書きの文字と余白《よはく》を飾《かざ》るいたずら描《が》きが見えた。

「これ、ポピーの質問状《しつもんじょう》への答えでしょ。ポピーには答えるつもりはないっていってたけど、ちゃんと答えてたんだ」

「かもね。さあ、返してよ」ザックも立ち上がって、アリスに迫《せま》った。アリスの手から取り返そうと前にでる。

アリスは踊《おど》るようにザックを避《さ》けた。「でも、なんで答えたの？　もう、ザックは……」

アリスは最後までつづけられなかった。その瞬間《しゅんかん》、ポピーが悲鳴をあげながら、飛び起きたからだ。ポピーは太陽の光にまばたきながら、体をちぢめて両手を前に突きだし、いつでも戦えるような体勢《たいせい》を取っている。恐怖《きょうふ》とおどろきへの反応《はんのう》だ。

「ポピー？」ザックが声をかける。

アリスがメモを四つ折りにしてコートのポケットにつっこんだのを見て、ザックはほっとした。それから、ポピーの方へ歩く。ザックはポピーの横にすわった。ポピーの息はまだ乱《みだ》れている。

「わたし、自分がエレノアになった夢を見てたの。わたしすごく……」ポピーはそこまでいうと、両手で顔をおおった。

ザックは長いあいだ声をかけられなかった。自分が見た夢《ゆめ》のことを話さないのは卑怯《ひきょう》だろうか。もし話したら、アリスはぼくを変だと思うだろうか。頭の上の木の葉が風でざわついた。「ちょっとまわりを見てほしいんだ」ザックはようやくそういった。「エレノアは怒《おこ》ったみたいだった？ほら、だれかが荒《あ》らしていったみたいなんだ」

ポピーは立ち上がって自分の体からほこりをはらった。それから、クイーンのところまで歩いて拾い上げる。クイーンの目は半分開いていた。ネコが寝《ね》たふりをしながら見ているように、観察されているような気分になる。

「これ、幽霊《ゆうれい》のしわざだと思う？」ポピーはザックとアリスの方にふりむいて、ようやくそうたずねた。

「まさか」アリスがいう。「アライグマだと思う。でも、ポピーは幽霊のせいだっていうと思ってた」

「これって、典型的なポルターガイスト現象《げんしょう》なんじゃないかな？」ザックが問いかけるようにいった。

「エレノアはポルターガイストなんかじゃない」ポピーが買った新品の『ドクター・フー』の

ＤＶＤセットを、ザックに海賊版《かいぞくばん》だと指摘《してき》されたときのような口ぶりだ。「それに、どうして食べ物を放りだす必要があるの？　わたしたちが寝るためのただひとつのものをめちゃくちゃにする必要があるの？　エレノアはイースト・リバプールにつれていってほしいだけなんだよ。エレノアがわたしたちのじゃまをするはずないよ」

ザックはポピーのことばに自信のなさを感じ取った。

「わかったよ。じゃあ、ポピーもアライグマのしわざだと思う？」

ポピーはまわりを見て息をのんだ。「わたしにはわからない。ティンシュー・ジョーンズってことはない？　わたしたちのあとをつけてたとか」

ザックの背中《せなか》がぞくっとした。あのかさついた顔でにやにや笑いながら、闇《やみ》のなかから自分たちのことをじっと見ている姿《すがた》がすぐに思い浮《う》かんだ。でも、ティンシューにはわざわざバスをおりてあとをつけ、三人とも眠《ねむ》るのを待ってから持ち物をばらまいていく動機なんかない。なにひとつ。三人はティンシューが望むものをなにひとつ持っていない。ティンシューはいまごろ、ぼくたち三人はエイリアンにつかまって、顔を盗《ぬす》まれたとでも思っているだろう。けれども、エレノアがアリスに腹《はら》を立てる理由ならいくらでもある。そしておそらく、なかなか自分の墓《はか》に入れないことにいらついてもいるだろう。

「ねえ、わたしだってふたりとおなじくらい、なにが起こってるのか知りたいんだよ」アリスは、ザックとポピーのあいだに目をやりながらいった。どちらの側につくのか決めかねているように。たぶんいまのところ、どちらの側にもつきたくないのかもしれない。「でも、まずはここからでない？　この森は気味が悪い。それにおしっこがしたいし、お腹《なか》もすいた」

「昨日、ドーナツ屋の前を通ったよね」ザックがいった。

アリスがうなずく。「最高ね。トイレもあるといいんだけど」

荷造《にづく》りをするほどのものはもうなかった。食糧《しょくりょう》同様、寝袋《ねぶくろ》も使い物にならない。風が吹《ふ》くたび、白い中綿《なかわた》があふれでて飛んでいく。三人にできるのは、全部を拾い集めて寝袋で包み、川沿《ぞ》いにあったゴミ収集缶《しゅうしゅうかん》に投げ捨《す》てることだけだった。

人影《ひとかげ》はなかったけれど、かといって、だれもそこにいなかったということにもならない。

三人はハイウェイに沿って歩き、なんとか道をわたる場所を見つけた。とはいっても、中央分離《ぶんり》帯を飛び越《こ》えるのとそれほど変わらない危険《きけん》な個所《かしょ》だった。三人は冷たい風を避《さ》けるようにうつむいて、黙々《もくもく》と歩いた。ザックは砂糖《さとう》が溶《と》けるにおいと、ドーナツが揚《あ》がるにおいを、店の見える一ブロックも前からかぎつけた。店のドアの前に立ったときには、よだれがこぼれそうだった。

「みんないくらずつ持ってるの？」ポピーがたずねた。

「ぼくは十五ドル五十セント」家をでたときは二十三ドル持っていたが、バス代に七ドル五十セント使った。帰りのバス代にもおなじだけかかるので、実際《じっさい》に使える金額《きんがく》は八ドルだ。

「わたしは二十ドル」とアリス。

「十一ドルと小銭《こぜに》ばっかり」ポピーがいった。「あとあとのことを考えると、節約しなくちゃね。昼ごはんも必要だし、帰りのバス代も」

けれども、ドアを開けるとザックのお腹がギュッと鳴った。節約なんか考えられない。奥《おく》の壁《かべ》には何列ものバスケットがならんでいた。そして、どのバスケットにもちがう味のドーナツが山盛《やまも》りになっていた。砂糖のコーティングが明かりの下で輝《かがや》いている。シナモンサイダー・ドーナツやボストンクリームとジャムのクルーラー、チョコレート、メープルクリーム、サワークリームにオールドファッション、ブルーベリー味、トーストココナッツ、リンゴのフリッターもある。カウンターの下のショーケースにはフルーツシリアル味、ピーナツバター味、ケチャップ味、ピックルジュース味にマンダリンオレンジ味、ハニー味にサーモンの燻製《くんせい》とクリームチーズ味、ロブスター味にチーズバーガー味、フライドチキン味もワサビ味もドングリ粉ドーナツもあれば、バブルガム味、パチパチキャンディ味、スペルト小麦のドーナツまである。

カウンターの奥《おく》に立っている店員は、もじゃもじゃの黒髪《くろかみ》の男の人だった。まるで感電してるみたいだ。ただし、もみあげをのぞいて。「さあ、なんにする？」ドアのベルが鳴ると同時にその店員がいった。「ワサビ味は揚《あ》がったばかりのアツアツだよ」

渋《しぶ》い緑色で、トウガラシのようなスパイシーな香《かお》りのするドーナツだった。

「うーん」ザックはそういってメニューを見た。「ぼくはココアを。Lサイズで」

ザックは渦巻《うずま》き状《じょう》のクリームののったあたたかいカップを持って、小さなプラスチックのテーブルのところまでいった。アリスは奥にあるトイレにむかい、ポピーはあとふたつココアを注文した。三人はあたたかいカップで指をあたためながら、しばらくすわっていた。

それから、それぞれドーナツを注文した。ザックはパチパチキャンディ味、アリスはメープルクリーム味、ポピーはフルーツシリアル味だ。ふわふわのドーナツ生地はおいしく、ザックのドーナツには本物のパチパチキャンディが入っていて、舌《した》の上ではじけた。食べ終わると、もう長い時間手を洗《あら》っていないのも忘《わす》れて指までなめた。

ココアは一杯《いっぱい》二ドル五十セントで、ドーナツはひとつ一ドル二十五セントだった。それぞれ三ドル七十五セント支払《しはら》ったので、ザックは残りの四ドル二十五セントでこの冒険《ぼうけん》をやりとげなくてはならなくなった。ポピーの手持ちのお金はさらにすくない。ザックはポピーの小銭《こぜに》が十分な金額《きんがく》であればいいと願った。さもなければ、帰りのバス代がはらえなくなってしまう。

ポピーはクイーンを近くの椅子《いす》にすわらせた。クイーンは首をかしげてぐったりした感じにすわっている。髪《かみ》も寝乱《ねみだ》れたようにくしゃくしゃだ。半分閉《と》じた目は光を反射《はんしゃ》して明るく見える。

「もし、死んじゃったら」ポピーが声を落としていった。「幽霊《ゆうれい》になりたい？」

「もし、だれかに殺されたんなら、ぜったいなりたいな」ザックはいった。「ぼくを殺したやつにとりついて、復讐《ふくしゅう》するんだ」

「復讐って、どうやって？」アリスが笑いながらきいた。「体のない魂《たましい》だけになるんだよ。いったい、なにができるっていうの？　『バーッ！』って叫《さけ》ぶわけ？　それとも、バカげた冒険にでるように説得する？」

「ものをばらまくことはできるな」ザックはいった。

「かもね。わたしはわたしのままでもなれるんなら幽霊になりたいな。でも透明《とうめい》になるの。そうしたらテレビのなかみたいに世界じゅうどこにでもいけるね。好きだった人のところを訪《たず》ねて歩けるでしょ。でも、おなじことをくり返さなくちゃいけないんならやめとく。どこかの道路にとりついたり、階段《かいだん》をのぼったりおりたりしなくちゃいけないんならね」

「だれにも話しかけられないとしたら?」

ザックがたずねた。

アリスは一瞬《いっしゅん》、居心地《いごこち》悪そうにした。

「幽霊《ゆうれい》の社会に仲間入りして、幽霊の友だちを作るのがいいな」

ポピーは髪《かみ》をうしろにはらいのけた。

「じゃあ、死者の世界からもどってくることにしたけど、あとで気が変わったのに、もう死者の世界にはもどれないとしたら?」

「わたしたちがイースト・ロチェスターに閉《と》じこめられてるみたいに?」アリスはそういうと、ココアをごくりと飲んだ。

ザックは、話をそらした方がよさそうだと思った。「で、ポピーは幽霊になりたいの?」

ポピーは肩《かた》をすくめた。「わかんない。そこいらをぶらついて、人間の体を素通《すどお》りしたりするのに、だれにも見えないんでしょ? なにか事件《じけん》が起こっても、自分にはなにもできないのって、想像《そうぞう》するだけでこわいな。わたしね、夢《ゆめ》のことをずっと考えてるの。ほんとうにわたしがエレノアになったみたいだった。わたしは大きなお屋敷《やしき》の屋根をよじ登ってるの。お父さんが家に帰るのを待っているあいだ、窓《まど》に近づかないようにしながら。なにか、すごく大事なことをお父さんに伝えなくちゃならないんだ。屋根の上からだと、遠くまで見わたせるの。川や船、通りの先の家の前に止まってる氷屋さんが見えた。だけど、屋根はすべるから、わたしは必死で銅《どう》でできた雨どいにつかまってる。すると、すぐうしろから女の人がささやく声がきこえてくるの。なかに入らないと、後悔《こうかい》することになるよって。その人は手に持ったほうきを窓から突《つ》きだして、わたしをたたこうとしてる」

ザックは自分が見た夢を思い出していた。やせこけた女の人や、失敗作の焼き物だらけのビクトリア様式の大きな屋敷の夢だ。その夢のことをポピーに話してしまいたいと思ったけれど、なんだかすこし、バカげたことのようにも思える。目を覚ました直後は、その夢はまちがいなくほんとうのことに思えたし、幽霊が見せたものだとも思った。でもいま、あたたかいドーナツ屋のなかにいて、アリスにはっきりと幽霊《ゆうれい》なんかいないといわれたあとになってみると、なにもかもが確《たし》かじゃなくなってしまった。

「わたしが見た夢《ゆめ》って、ほんとうにあったことだと思う?」ポピーが身を乗りだしてきいてきた。正しい答えはひとつしかないとでもいわんばかりだ。「エレノアがわたしたちに、死んだときのことを教えようとしてるんだと思わない? あのガラスケースにいたあいだ、エレノアはわたしたちのだれかに外にだしてもらいたいと願いつづけたんだよ」

ザックは自分の見た夢を話そうと口を開きかけたが、自分のフィギュアたちがどうなったかとか、どうしてもう『ゲーム』をしたくないかをいわずに話を進めるのはむずかしいという気がした。なにもかもがからみあっている気がして、口が重くなる。

そのとき、店員がカウンターの奥《おく》で、ピーチ・マフィンをゴミ箱に捨《す》てた。それから店員は「心配するな」と三人にむかっていった。

「どういうこと?」ザックはわけがわからなくてたずねた。

「きみらのブロンドのお友だちが、すごくお腹《なか》をすかせてるみたいだからな」店員はそういうと、ピンクにコーティングされたドーナツをのせた紙皿を持って近づいてきた。そして、その皿をクイーンの前に置いた。「どうぞ。店のおごりだ。胃腸薬のペプトビスモル味だ。こいつをメニューにのせるかどうか検討中《けんとう》なんだ」

店員が厨房《ちゅうぼう》に姿《すがた》を消すのを、ザックはただ見つめるだけだった。「あの人には……」ザックがつぶやく。

「ただの冗談《じょうだん》だよ」アリスがすかさずいった。でも、不安げだ。「わたしたちは人形をつれてきた。そして、あの人は冗談で人形を人間あつかいした。それだけだよ」

「どうして、そんなことするの？」ポピーがたずねる。

「自分がクールな大人だって思ってるからでしょ」アリスはココアを一口すると、カップをおしのけた。まるでやけどでもしたみたいに。アリスはぶるっと体を震《ふる》わせた。ザックはレオが学校帰りに話していたことを思い出して、落ち着かない気分になった。

「だれかがおまえの墓《はか》の上でも歩いてる？」

きみらのブロンドのお友だち。そのことばにはどこかきき覚えがあった。ザックの心にひっかかる。「ちょっと待って。ティンシューだよ。あいつもバスでいってた。『おれはブロンド娘《むすめ》には話しかけるつもりはないからな』って。目つきが気に食わないからって。覚えてるだろ？」

「うん、覚えてる」アリスがいった。ポピーもうなずく。

「あいつも、この人形のことをいってたんだと思う？」そういいながら、ザックは寒気がした。

いま食べたばかりのものが、胃のなかであばれまわっている感じだ。ザックは幽霊《ゆうれい》が本物であってほしいと願った。でも、エレノアのことがリアルになればなるほど、おそろしくなってくる。ザックはクイーンの方を見ないようにした。クイーンがお腹《なか》をすかせているみたいだというこどばの意味を考えないようにした。それに、今日のクイーンの頬《ほお》にいつもよりすこし赤みがさしているように見えるのにも気づかないふりをした。なにかドーナツ以外のものを食べたみたいな血色のよさだとは思いながらも。

なんとかクイーンを埋葬《まいそう》しなければならない。それも、なるべく早く。

「えーと、それじゃあ……」アリスがいった。携帯《けいたい》の画面をちらっと見てから地図を取りだした。真ん中が破《やぶ》れているが、テーブルに広げたので、すべての道はつながって見える。「いまは十時四十三分でしょ。それで、帰りのバスは四時半までこない。時間はたっぷりあるけど、どうしてもそのバスには乗らなくちゃならない」

「イースト・リバプールまではそんなに遠くないよ」ポピーがいった。「昨日の夜、ザックはそういってた。まだまにあうって。歩いていくんだよ。本物の冒険《ぼうけん》みたいに」

三人とも長いあいだだまっていた。

「わたしはいくから」ポピーはクイーンを抱《だ》き上げてひざにのせた。ポピーは頬を真っ白なボーンチャイナの額《ひたい》にくっつけている。クイーンの目はさっきよりも開いているように見えた。ミルクのように白いガラスの真ん中に黒い瞳《ひとみ》のある目。「ふたりがいっしょでも、いっしょじゃなくても」その声は小さかった。

ザックは森じゅうにばらまかれた食べ物のことを考えた。それに、ずたずたにされた寝袋《ねぶくろ》のことも。この幽霊はほかにどんなことができるんだろう？

「こんな話、きいたことある？　墓場《はかば》の横を通りすぎるときには、息を止めてなくちゃだめなんだって。そうしないと、死んだばかりの魂《たましい》が、口から入りこんで、体を乗っ取っちゃうんだって」

でも、すでに自分で決めたことだ。もうあともどりはできない。「ぼくは冒険をつづける」うなずきながらそういった。「ぼくもいくよ」

アリスがテーブルをピシャッとたたいた。まるで、そこにいるメンバーをだまらせようとするかのように。「わたしは臆病者《おくびょうもの》なんかじゃない。それに、わたしだって冒険のつづきは気になる。でも、問題はそこじゃない。わたしは今日の夜までに家に帰らなきゃならない。そうじゃないと、おばあちゃんは正気を失っちゃう。警察《けいさつ》にも電話すると思う。何か月も外出禁止《きんし》になるだろうし、この先一生、なにかお願いごとをするたびに、今回のことを持ちだされると思う。永遠《えいえん》にだよ。だから、わたしは遅《おく》れるわけにはいかない。いいわね?」アリスの声はだんだん大きくなっていた。それに早口に。話し終えたあとには長い沈黙《ちんもく》がつづいた。

「わかったよ」とうとうポピーがいった。

「それなら、わたしもいきたい。でも、今日じゅうに家に帰るって約束して。バスがここをでるのは四時半だからね。ぜったいにそのバスには乗り遅れないって約束して。もし、時間切れになったら、とちゅうでひき返すって約束してちょうだい。そのバスにはふたりもいっしょに乗るって約束して」

「だけど、もし、すぐ目の前までいっていて……」ポピーが話しはじめた。

「だめだったら。わたしたちは、どんなことがあっても、お墓《はか》を見つけてクイーンを埋《う》めて、バス停を見つけるの。バスがイースト・リバプールをでる三時四十五分までに。イースト・リバプールまでたどりついて時間に余裕《よゆう》があるなら最高だよ。でも、忘《わす》れないでよ。バスはここからより早い時間にでるんだから。わたしもいっしょにいくけど、もし、やりとげられそうになかったら、三人いっしょに帰るんだからね」

ポピーは気が乗らないようだ。「わたしは、冒険《ぼうけん》をやりとげるまで帰るわけにいかない」

「じゃあ、わたしはいますぐバス・ステーションにいく」アリスは立ち上がった。「ポピーとザックでやったらいい。わたしはいかないから」

「ちょっと待ってよ」ザックも立ち上がって、アリスにむかって手をさしのべた。「三人ではじめたことじゃないか。いっしょに行動しなきゃだめだよ。ちゃんとイースト・リバプールまでいって、家まで帰りつけるよ」

アリスは胸《むね》の前で腕《うで》を組んだ。

「ほら、ポピー」ザックがいう。

ポピーはため息をついた。「わかったよ。でも、アリスのいった時間を守るんなら、すぐに動きはじめなきゃ。大急ぎでね」

ザックはポピーを立ち上がらせようと手をのばした。「ぼくらはもう立ってるよ。ポピーを待ってるんだ」

ポピーはザックの助けを借りずに立ち上がった。クイーンを脇《わき》の下に抱《かか》えている。「わたしのこと信じてるんだね？　夢《ゆめ》のことも、幽霊《ゆうれい》のことも。そうなんだね？」

ザックは自分もエレノアの夢を見たと口を開きかけた。でもちょうどそのとき、アリスがいった。「もちろんだよ」

ザックは話す代わりにピンクのドーナツにかぶりついた。

ピンクのコーティングは粘《ねば》つくような甘《あま》さだ。でも、その奥《おく》に、薬の苦味も感じた。

第十章

冒険《ぼうけん》は思ったよりも退屈《たいくつ》だった。ザックはこれまで読んできたファンタジーの本を全部思い返した。冒険者のグループが陸路をいくファンタジーだ。そして、いくつかのことに気づいた。まず第一に、自分は忠実《ちゅうじつ》な愛馬に乗って進むことを思い描《えが》いていた。当然、左足のかかとに靴《くつ》ずれができるとか、靴下のなかに小さな石ころがあるような気がして痛《いた》いのに、靴下を脱《ぬ》いでみても見つからない、なんていうことが起こるとは考えてもみなかった。

それに、太陽がどれほど熱いものかも考えていなかった。あれこれと荷物をつめていたとき、日焼け止めを持ってくるなんて思いつかなかった。『指輪物語《ロード・オブ・ザ・リング》』のアラゴルンは日焼け止めをつけたりしない。タランも、パーシー・ジャクソンもだ。でも、そうした先人たちは、日焼け止めをつけなくてもだいじょうぶなのに、今度鏡を見るときには、自分の鼻がロブスターのように真っ赤になっているのは確実《かくじつ》だと思った。

ザックは喉《のど》も渇《かわ》いていた。いろいろな本のなかでも喉の渇きについては書かれていたが、どのキャラクターも自分ほどには苦しんでいなかった気がする。

それに、物語とはちがって、耐《た》えられないぐらい退屈《たいくつ》なときに、とつぜん山賊《さんぞく》が襲《おそ》いかかってきたり、モンスターがあらわれたりすることもない。戦う相手など、せいぜいがブヨの大群《たいぐん》ぐらいで、ザックはまちがいなく何匹《なんびき》かのみこんでしまった。

さらに三人が歩いているのは、木のような巨人《きょじん》のエントや妖精《ようせい》で満ち満ちた森、オークや氷河《ひょうが》でいっぱいの山なんかがある中つ国の壮大《そうだい》な風景のなかではなく、工場地帯やボウリング場なんかがある土地だ。そのうち、倉庫もまばらになってきて、片側《かたがわ》にはハイウェイが、反対側には川面が見えているだけになってしまった。三人はハイウェイ沿《ぞ》いを歩きつづけた。ときどき立ち止まって、石ころをけったり、リュックを担《かつ》ぎ直したりする。

アリスが先頭を歩き、そのうしろにザックがつづく。アリスは草の葉を手に持って、それで草笛を作ろうとしていた。おじさんがうまく鳴らせたらしい。いまのところ、アリスがだす音は、唾《つば》を吐《は》くような雑音《ざつおん》ばかりだった。

「思いついたことがあるんだけど」ポピーがザックに追いついていった。ポピーはまるで子どもを抱《だ》くように、クイーンを腰《こし》に抱いている。ザックはなんとかクイーンを見ないようにした。

「ウィリアムのことなんだ。ウィリアムのお父さんのこと」

「『ゲーム』の話はしないって約束しただろ」つい、話に乗りそうになりながらもそういった。ザックは、二度と遊ぶことはないにしても、あの物語がどんな風に終わるのか知りたかった。それに退屈もしていた。

「ちがうよ」ポピーがいたずらっぽく笑いながらいった。「ザックがどうして『ゲーム』をやめるのかをきかないって約束をしただけ。それはきいてないもん」

ザックはため息をついた。意地を張《は》っているだけで、本心からいい争いをしたいわけじゃない。「ぼくも思いついたことがあるんだ」

ポピーはびっくりした顔でザックを見つめる。「そうなの？」

「ウィリアムは、そもそもぼくのキャラクターだからね。でも、たとえウィリアムのお父さんが灰色国《はいいろ》の王だとしても、ウィリアムは海賊《かいぞく》のままでいるんだ。ウィリアムはネプチューンの真珠号《しんじゅ》の上にいるときがいちばん幸せだから。だれが父親でも、それは変えられない」

ポピーは不思議そうにザックを見た。もう『ゲーム』はしたくないといっておきながら、どうしてそんなことを考えていたのか、知りたくてしかたなさそうだ。でも、それをたずねるほどバカじゃない。「たとえ、ウィリアムのお父さんが真冬塚国《まふゆづか》の大公でも？」

その大公役の人形はなかったけれど、根っからの悪者ということになっている。大公が犯《おか》した罪《つみ》をいろいろ考えだすのは楽しかった。こわれた人形のゾンビ軍を立ち上げて、他国へ進軍したこともある。敵《てき》の首をちょん切ったり、邪悪《じゃあく》な巫女《みこ》を誘拐《ゆうかい》してきて、自分の妻《つま》にしたこともある。ザックのお気に入りのフィギュアは、シルバーヒルの戦いで大公と戦って、危《あや》うく死にかけた。アリスが靴箱《くつばこ》で作った神殿《しんでん》で、アリスの人形に傷《きず》をいやしてもらったけれど。

「もし、ウィリアムが大公の息子だとしたら、すごく都合がいいんじゃないかな。大公を暗殺できるくらい近づけるから。もしかしたら、自分から大公の息子だと名乗ることだってできる。ほんとうはぜんぜんちがうのにね。ほんとうはもっとましな人の息子かもしれないんだ。たとえば、伝説の海賊《かいぞく》の王とか、ある種のモンスターとかね」

ポピーはイライラしはじめたようだ。物語を作るのは得意だけれど、ザックやアリスが作った物語を受け入れるのは得意じゃない。それが、どんなにすばらしいものでも。自分がコントロールできない世界を受け入れるのに時間がかかるのだ。

アリスがとつぜん立ち止まった。

道は行き止まりになっていた。前方にはもうひとつ大きな川があって、オハイオ川に流れこんでいた。それ以上進むのは無理だ。その川には橋が二本かかっているが、どちらも歩いてわたれる橋ではなかった。一本は鉄道橋で、錆《さ》びつき、打ち捨《す》てられていた。レールは落ちてしまっていて、ぽっかりと大きなすきまができている。もう一本はがんじょうそうなコンクリートの橋で、三車線のハイウェイ用だ。橋のたもとには料金所があって、人が歩いてわたるようにはなっていない。

「もう、ここまでだね」アリスがいった。ほっとした気持ちと残念な気持ちが半々の、複雑《ふくざつ》な表情《ひょうじょう》を浮《う》かべている。

ザックは川に沿《そ》って遠くまで目をやって、ため息をついた。名前のわからない大きな川の両岸には、みすぼらしい波止場があった。これが物語や映画《えいが》のなかだったら、ボートを持った謎《なぞ》めいた人物があらわれて、三人を反対岸まで乗せてくれるんだろう。三途《さんず》の川の渡《わた》し守、カローンみたいに。おそらくは、三人をだまそうとするだろうけど、知恵《ちえ》を働かせて、なんとかやりとげられるだろう。もし、自分がウィリアムなら、だれかの船に乗せてもらう必要はない。ウィリアムには二本マストの帆船《はんせん》、ネプチューンの真珠《しんじゅ》号があって、乗組員もいるんだから。でも、現実《げんじつ》の世界では、そんなこと、なんの役にも立たない。ザックは、自分がすごく疲《つか》れていることにとつぜん気づいた。

「いって、きいてみようよ」ポピーがいった。「渡し船があるかもしれないよ」

まだ、昼をすこしすぎただけの時間だったので、三人は波止場まで歩いた。二、三の建物と、大きすぎてすかすかの船の倉庫、差しかけ小屋がひとつと、事務所《じむしょ》らしき建物が、三本の長い桟橋《さんばし》のわきにあった。桟橋には細い仕切りがあって、ボートがいくつもならんでいる。小さな子どもがふたり、桟橋から身を乗りだして、水のなかをのぞきこんでいた。手には網《あみ》を持っている。

「手分けして、むこう岸にわたしてくれそうな人を探《さが》さない？」ザックがいった。

「いいよ」アリスは事務所の方をちらっと見ていった。「五分後にまたここで」

「わたしはあの子たちにきいてみる」ポピーはそういって、子どもたちの方に歩きだした。

ザックは燃料《ねんりょう》油と川のにおい、それに、太陽に焼かれたタールのにおいを吸《す》いながらすこし歩いた。すっかりあたたかくなっているので、泳いでわたれないかと思った。アリスがあの大きな事務所に入ったとしたら賢《かしこ》い選択《せんたく》だ。クーラーがきいているだろうし、冷水器も置いてあるかもしれない。

ぶらぶらと歩いていくと、古い手漕《てこ》ぎボートが目に入った。船体の片側《かたがわ》を桟橋につけて、杭《くい》に係留《けいりゅう》されている。船体のペンキははげているし、オールも見えない。それでも、一瞬《いっしゅん》、自分で漕いで、そのボートで川をわたるところを思い浮《う》かべた。けれども、近づいてみると、船体はあちこち腐《くさ》っていて、とても航海にはむかないのがわかった。船の知識《ちしき》はほとんどないけれど、もし水面に漕ぎだしたら、おそろしいほど水漏《みずも》れするだろうというのは明らかだ。

がっかりしながら、しゃれたモーターボートを次々に見て歩いた。細長い葉巻《はまき》みたいなボート、多層《たそう》式のそびえ立つようなクルーザーもある。先端《せんたん》にはネコのひげのように見える高いアンテナが立っている。こんな立派《りっぱ》なボートを持っているのはどんな人なんだろうと思ったけれど、お願いしたって子どもを乗せてくれるような人たちじゃないのは確実《かくじつ》だ。海賊《かいぞく》がでてくる本は山ほど読んだし、ネプチューンの真珠《しんじゅ》号も、細かい船具にいたるまで絵に描《か》ける。それに、船の模型《もけい》だって作ったことがあるというのに、ザックは一度も船に乗ったことはなかった。

ザックはもう一度、さっきの手漕ぎボートに目をやった。なんとか補修《ほしゅう》することはできないだろうか。釘《くぎ》と木工用のボンド、それにタールなら見つかるかもしれない。もし、うまく直せなかったとしても、沈《しず》まないように水をかきだすことはできないものだろうか。

「ザック！」

名前を呼《よ》ばれて、あわててふりむいた。ポピーが、網を持ったふたりの子どもの横に立って、ザックにむかって手をふっている。

「ブライアンのお父さんは、小型ヨット《ディンギー》を売りたがってるんだって」ザックが桟橋に踏《ふ》みだすと、ポピーはそういった。足元が沈《しず》みこんだので、あわててバランスを取らなくてはならなくて、ザックは自分はつくづく船には不むきだと嘆《なげ》いた。

「うーん」ザックは用心深くそういった。帰りのバス代をひいたら、三人合わせても十五ドルほどしか持っていないはずだ。「いくらで売るんだって？」

「二十五ドル」ポピーはザックの腕時計《うでどけい》をちらっと見ていった。「だけど、ブライアンは、なにかほしいものとなら、交換《こうかん》してもいいっていってる。オールもおまけにつけてくれるって」

「ほかにむこう岸にわたる方法はないのかな？」

ポピーは首を横にふった。赤い髪《かみ》がなびく。ポピーの鼻は日に焼かれてピンクになっているし、そばかすの色も濃《こ》くなったようだ。「ほかにも橋はあるんだけど、一マイル以上はなれてるんだって。オハイオ川をいけば、ほんの三十分でイースト・リバプールに着くって、ブライアンはいってる。楽勝だって」

ブライアンがうなずく。「ぼくらもときどき、魚をとりにいくんだ。遠くないよ」もうひとりの子がいう。

「わかった。そのヨットを見せてもらおう」

ブライアンはふたりを桟橋《さんばし》のはしまでつれていった。そこには、小さなヨットと手漕《てこ》ぎボートが何艘《そう》かずつ係留《けいりゅう》されていた。三艘の手漕ぎボートは、プラスチックの緩衝装置《かんしょうそうち》に守られてやさしくゆれていた。ブライアンはいちばんはしにある、青みがかったグレーに塗《ぬ》られたヨットを指さした。古びてはいるが、ちゃんと浮《う》いていて、見たところ水漏《みずも》れしているようすもない。さっきザックが見つけたボートよりは、はるかにましだ。

「ちょっと話しあっていいかな？」ザックはたずねた。

ブライアンは肩《かた》をすくめると、水のなかででたらめに網《あみ》をふりまわしている友だちの方に歩いていった。ブライアンを見ていると、アリスが砂利《じゃり》におおわれた広場を横切って歩いているのが目に入った。

だれかに見られているのに気づかないでいるアリスを見るのはおもしろかった。コートは腰《こし》に巻《ま》いている。なにかかたい決意をしているように見えるし、汗《あせ》をかいているのもわかる。それに、すこしばかりうれしそうにも見える。角張《かくば》った顔や薄《うす》い眉毛《まゆげ》は見慣《みな》れたものなのに、ショッピングモールでときどき見かける、なにを考えているのかよくわからない年上の女の子たちと似《に》ていることにはじめて気づいて、なんだか見知らぬ人のような気がした。

「わたしはネックレスしか持ってないよ」ポピーは首にかけた細いシルバーのチェーンを、わたしたくないというようにさわりながらいった。チェーンの先には小さな文字の形の飾《かざ》りがついていた。誕生日《たんじょうび》にお父さんからもらったネックレスで、それ以来、いつ見てもつけていた。「だけど、これをわたしてもいい」

「ぼくは腕時計《うでどけい》と懐中《かいちゅう》電灯だな。本もあるけど、これはほしがらないだろうな」

アリスがイライラと髪《かみ》をうしろにはらいながら、ふたりの方に近づいてきた。「ねえ、きいて。わたしはあのマリーナの事務所《じむしょ》にいたお年寄《としよ》りと話してきたんだ。イースト・リバプールまで歩いていく方法はないっていってた。きっと、ふたりとも頭にくるだろうと思うけど、無理なものは無理だよ。残念だけどね、ポピー」アリスはそこでため息をついた。

「歩いていかないんだったら？」ポピーはグレーのヨットを指さした。

「川がどっちから流れてるのかもわからないんじゃないの？　それに、ヨットのこと、すこしでも知ってるの？」アリスがいった。

ポピーは一瞬《いっしゅん》、おどろいた顔をした。それから顔をしかめる。「なんで知る必要があるのよ？流れが逆《ぎゃく》なら、ただ必死で漕《こ》げばいいんだよ」

ザックは航海にでたくてしかたなかった。たとえ小さなヨットでも。

「帰るって約束したじゃない」アリスがいった。「帰りのバスにまにあう時間までにイースト・リバプールまでたどりつけないんなら、イースト・ロチェスターまでもどるって、ふたりともいったじゃない。いい、もうもどらなきゃいけない時間だよ」

ポピーはなにもいわない。ザックもだまったままだ。

「本気なの？」アリスがたずねた。「ふたりとも、本気で約束を破《やぶ》ろうっていうの？」

「そうじゃないよ」ザックがあこがれるようなまなざしで川面を見ながらいった。「ただ、まだまにあうんじゃないかって思ってるだけ」

アリスの表情《ひょうじょう》は、こわばった、冷たい微笑《ほほえ》みになった。目がガラスのように光っている。「だめだめ、ザックはわたしといっしょに帰るの。ポピーがひとりでいくといってもね」アリスはザックにいった。

「へえ」ザックは平気なふりをしてそういった。アリスが本気で怒《おこ》っていることに、気づかないふりをして。でも、内心は平気どころではなかった。

「ポピーに話すわよ」アリスがいった。「ザックが嘘《うそ》をついてるって。それがどんな嘘かって」

「なんの話？　ねえ、どういうことなの？　なにを話すって？」ポピーがたずねた。

「なんでもないよ」ザックはふたりからあとずさりしていった。ザックは燃料《ねんりょう》油と川の泥《どろ》のにおいのする空気を大きく吸《す》った。もし、ポピーがあの質問状《しつもんじょう》の答えを用意していたと知ったなら、どうして嘘をついてまで『ゲーム』をやめたがったのか、答えを知るまでしつこくたずねつづけるだろう。そう考えるだけでパニックを起こしそうだ。「約束のこと、アリスのいった通りだよ。もし、アリスが帰るっていうんなら、ぼくも……」

ポピーがザックのことばをさえぎった。ザックをにらみつける目つきは、すべてお見通しだとでもいうようだ。「いったい、なにをかくそうとしてるの」

思い出すのが遅《おそ》すぎた。ポピーは自分の知らないところで秘密《ひみつ》を持たれるのがなによりもきらいだ。

「なんでもないって」ザックはくり返す。

「じゃあ、話しなさいよ」一瞬《いっしゅん》、ためらったものの、今度はアリスにむかっていった。「さあ、話して」

「もういいよ」アリスがいう。「降参《こうさん》だってば。終わりなの。わたしたちは家に帰るの。三人でね。それだけでも楽しいでしょ。十分に冒険《ぼうけん》だったでしょ」

「ありえない」ポピーがいった。「ねえ、アリス、わたしだってザックに話すよ。知られちゃ困《こま》ることをね。わたしだって秘密を知ってるんだから」

アリスの表情《ひょうじょう》ががらりと変わった。ザックは自分もそんなにわかりやすかったんだろうかと思った。なにを失ってしまうのかわかったときの自分は、これほどあからさまだったろうか。

そして、その瞬間《しゅんかん》わかった。アリスと自分がかくしごとをしていることを、ポピーがどうしてあんなに怒《おこ》ったのかを。なぜなら、アリスがポピーに話してほしくない秘密が、すごく悪いことにちがいないからだ。アリスはぼくをどれほどきらっているかとか、臭《くさ》いとか、バカだとかいったのかもしれない。あるいは、自分の知らないところでからかったり笑ったりしているのかもしれない。だから、アリスと自分がかくしごとをしているとしたら、それはポピーの悪口だと思ってしまうんだろう。

「そんなことしちゃだめ」アリスが声をひそめていった。「わたしたち親友じゃない。わたしとポピーとの秘密だよ」

「話せばいいよ」ザックはいった。「さあ。どんなことでも怒ったりしないから。たぶんね」ポピーは声をあげて笑った。ザックはクイーンのガラスの目のなかに、不思議な光が踊《おど》っているのを見たような気がした。まるで、クイーンもいっしょに笑っているようだ。ポピーが口を開いたとき、声のトーンが変わっていた。ポピーはときどき意地悪になるけれど、残酷《ざんこく》なことをするのを楽しんでいるのを見るのははじめてだった。「アリスは話さない。わたしのおどしがきいたんだよ。アリスはわたしといっしょにくるしかなくなった。そして、ザックはアリスがすることに従《したが》うつもりなのはみえみえなんだから、いっしょにくるってことだよね。さあ、このヨットを買おう」

「わたしがどれほど困《こま》ったことになるか、ポピーにはわからないんだよ」アリスが髪《かみ》をなでながらいった。

「どうでもいい。アリスはわたしなんかどうでもいいんだから、わたしだってアリスのことなんかどうでもいい」

「だけど、約束したじゃない！」アリスの声は悲痛《ひつう》だった。

「どうでもいい」ポピーがくり返した。

ザックは桟橋《さんばし》を歩いた。腹《はら》が立ちすぎて、だれのいいなりにもなりたくない気分だ。とりわけ、あの網《あみ》を持ったふたりの子どもには。あのふたりは、ザックたち三人が持つお金をすべて巻《ま》き上げようとしているのだから。ザックはアリスをちらっと見た。アリスはどうしたらいいのか途方《とほう》に暮《く》れたように水面を見つめている。それから、ザックは三艘《そう》の手漕《てこ》ぎボートと、あのヨットを見た。ヨットは腹立《はらだ》ちまぎれに見つめれば見つめるほど、どんどんみすぼらしく見えてくる。

なにもかもがまちがっている。望んでいた冒険《ぼうけん》はこんなんじゃない。

だれもが失敗に終わり、見こみはほとんどないと思われた試練を、ヒーローたちが成しとげる物語をたくさん読んできた。ザックははじめて、そのヒーローの前に倒《たお》れた人たちのことを考えた。なにもかもがうまくいかなくなったとき、その人たちは、堂々と英雄《えいゆう》のようにふるまったのか、それとも、たがいに争いあったんだろうか。それに、自分たちには成しとげられそうにないとか、どうせ無理だという評判《ひょうばん》をひっくり返すことができない、とわかる瞬間《しゅんかん》があったのだろうかとも思った。伝説では、失敗に終わった人たちは、名前も残さずに消えていくものだ。

栈橋のはしまでいくと、ザックは立ち止まった。そこで大きく息を吸《す》う。

目の前には小さなヨットがあった。船端《ふなばた》が低く、細長いヨットで、さっきのディンギーよりすこし大きいだけだけれど、ファイバーグラス製《せい》だ。ポリエステルでできた白黒の横縞模様《よこじまもよう》の帆《ほ》は帆桁《ブーム》にゆるく巻いてあり、マンボウのシンボルマークが見えた。持ち主はすぐにもどるつもりで、たったいまはなれたように見える。というのも、横流れ防止板《センターボード》はひっぱりだされたままだし、コクピットにはライフジャケットが二着、丸めて置いてあるからだ。

ヨットの船尾《せんび》には飾《かざ》り文字がひとつだけ書かれていた。「真珠号《しんじゅ》」

ザックはそのヨットに飛び乗った。スニーカーが曲線を描《えが》いたデッキを踏《ふ》んだ。ヨットが大きくゆれたので、ザックは腕《うで》をマストに巻きつけてしがみついた。思わず笑顔がこぼれてしまう。ザックはアリスとポピーの方を見た。

「ぼくたちは、お金なんかはらわないんだ」ザックはいった。「ぼくたち、海賊《かいぞく》なんだから。そうだろ?」

ふたりの顔に同時に浮《う》かんだ信じられないという表情《ひょうじょう》を見て、ザックの笑顔はますます大きくなった。

第十一章

ヨットに乗りこもうとして、ポピーは、危《あや》うくヨットを転覆《てんぷく》させるところだった。ポピーが桟橋《さんばし》の杭《くい》に打ちこまれたハシゴ代わりの横木をおりてきたとき、ザックは真ん中にすわって、船体をしっかりつかみ、せまいコクピットに両足をつっこんでいた。最初、ポピーはリュックをザックにわたした。ザックはそれを、センターボードの下のせまいすきまにある自分のリュックの横にそっと投げ入れた。ヨットはわずかにゆれた。ところが、ポピーの足がデッキのはしにかかった瞬間《しゅんかん》、ヨットは危険《きけん》なほどポピーの方に傾《かたむ》いた。ザックはあわてて反対側に体重をかけて、なんとかバランスを取ろうとした。ポピーはよろめいて、悲鳴をあげながらひざからくずれた。しばらくゆれたあと、ヨットのゆれはようやくおさまった。

「ワオ」ポピーは水に浸《ひた》した指を持ち上げていった。泳いでいるわけではないのに、こんなに水面の近くにいることに感動しているようだ。「これって、現実《げんじつ》なんだね」

「さあ、アリスもつづいて。ポピーがへさきにいって、ぼくが真ん中にいれば、乗りこむのはそんなにむずかしくないよ。たぶんね」

「その前にもやい綱《づな》を解《と》かなくちゃ」アリスはそういうと、杭《くい》につながれていたもやい綱をほどきにかかった。

「それはやめた方がいいと思う。綱はここからほどいて、投げればいいよ」

ザックはたくさん読んだ航海についての本を、なんとか思い出そうとした。へさきというのは船の先端《せんたん》のことで、船尾《せんび》は後端《こうたん》のことだ。それはまちがいない。そして、船尾にはもうひとつ「とも」という呼《よ》び方もある。マストはヨットの真ん中に立つ太い柱で、右舷《うげん》は船の右側、左舷《さげん》は左側のことだ。帆桁《ブーム》はマストとL型を描《えが》いて帆《ほ》を張《は》る金属《きんぞく》の部品で、風をつかまえる方向に帆を動かすためのものだ。そして、舵《かじ》は車のハンドルのように方向を決めるもの。ただ、どれもこれもことばとして知っているだけで、船を動かす原理を思い出すことができなければ、なんの役にも立たない。

アリスは腰《こし》に手を当てて立っている。「イースト・リバプールに停泊《ていはく》するときにはどうするつもりなの？　もやい綱なしじゃ無理なんだよ」

それについてはいい返しようがなかった。ただ、へさきをロープでつながれていないヨットが、桟橋《さんばし》に対して平行でなくなってきたことが気になってしかたない。アリスは船尾のもやい綱をほどいた。最初、真珠号《しんじゅ》は桟橋の方にゆれもどって、桟橋についている緩衝《かんしょう》用のフロートと防舷材《ぼうげんざい》がぶつかった。ところが、アリスが杭をおりているあいだに、真珠号が桟橋からはなれはじめた。

本で読んだ記憶《きおく》だと、もやい綱を解いたあとに全員が乗りこむまで、桟橋に船を固定しておくポールがあるはずだ。桟橋からはなれるときにはそのポールでおす。でも、そんなものは見当たらない。ザックはあわてて杭をつかもうとしたが遅《おそ》かった。

「ジャンプして！」ザックがアリスにむかって叫《さけ》ぶ。「いまだ！」

アリスはいわれた通りにした。杭をけって、コクピットに半分ころげ落ちるように乗りこんだ。ザックは体を低くかがめてバランスを取った。三人目が乗りこんだことで、ヨットはさらに沈《しず》んで、船体を超《こ》えてしぶきがかかる。でも、ひっくり返りはしなかった。桟橋のいちばんはしの、マークがついた杭がはなれていくのを見て、確《たし》かに離岸《りがん》したことがわかった。ヨットは動きはじめた。三人で乗っ取ったんだ。

どんな運命が待っているのかはわからないが、川面に浮《う》かんだヨットは流れでオハイオ川の方に進んでいた。吹《ふ》きぬける風は、いい航海を約束してくれているようだ。

いっしょにいくことを望んでいなかったアリスまで笑っている。

追い風が吹《ふ》いているうちは、ヨットでの航海はそんなにむずかしくないはずだ。ただ、帆《ほ》を張《は》っておけばいい。帆に風をいっぱいに受けるには、デッキにつながった三本のロープのどれか一本を使うはずだけれど、それがどのロープなのかはよくわからない。ただ、帆に風を受けてさえいれば、ヨットはまっすぐ前に進む。

でも、横風になるとたんにむずかしくなる。そして、横風が吹く方がふつうだ。それでも、そのまま風をはらませておけばいい。船体の底にある竜骨《キール》のおかげで、風に流されずにたいていはまっすぐ進む。たいていの場合は。

どの本を読んでも、そのようにヨットは進むと書かれていた。でも、本で読むのと、実際《じっさい》にヨットをあやつるのとはまったく別物だ。ザックは、理屈《りくつ》はわかっている。ロープのこと、風のこと、それに、ヨットの上での位置取りなんかは。それでも、真珠《しんじゅ》号をうまくあやつることはできそうになかった。三人を乗せたヨットは、川の流れにおされて、ゆっくりと回転しはじめた。

ポピーはライフジャケットを着こんでいる。ザックはすっかり混乱《こんらん》して、どたばたと動きまわり、自分がなにをしているのかわかっているふりをして、ロープをひっぱったり、いろいろな装置《そうち》をいじったりしてみた。ポピーがもうひとつのライフジャケットをアリスに手わたすと、アリスはしぶしぶ受け取った。アリスは冒険《ぼうけん》につきあう覚悟《かくご》は決めたようだけれど、ポピーを許《ゆる》していないのは明らかだ。小さなヨットなのに、アリスはできるだけポピーからはなれてすわっている。

ザックはなにか声をかけて、ふたりが話すきっかけにしたいと思った。けれども帆を上げる作業に集中しすぎて、それどころではなかった。ヨットはふたつの橋に近づいた。ひとつめは高いところにかかった橋なので問題はないが、ふたつめの橋の下には支柱《しちゅう》がたくさんあって、ザックは支柱のあいだが十分に広いのか心配だった。

とつぜん、舵《かじ》を下ろしていないことに気づいた。ザックは船尾《せんび》まではっていって、舵をおろし、舵柄《ティラー》をにぎった。これで操縦《そうじゅう》ができる。アリスが帆に取りついた。帆は風をたっぷりはらみ、ばたばたとゆれている。ブームは右へふれている。

右舷《うげん》だ。ザックの頭のなかで声がした。

「それを締《し》めて！」ザックが叫《さけ》ぶとアリスは帆がぴんと張るまでロープをひっぱった。すると、とつぜん、ヨットが動きだした。水しぶきが上がり、三人の髪《かみ》や顔を雨のようにぬらした。ザックの髪は風でくしゃくしゃになる。

ポピーが質問状《しつもんじょう》のことを知ってしまうのではないかという恐怖《きょうふ》や、ポピーとアリスがなにか秘密《ひみつ》を持っているらしい気味の悪さも、そのときばかりは忘《わす》れて、ザックは最高にいい気分だった。川の上に浮《う》いて、前へ前へと進む感じはとても気持ちがよかった。ザックは本物の船の船長だった。ほんとうに真珠号《しんじゅ》という名前の船の。それは、ほとんど奇跡《きせき》といってもいいような偶然《ぐうぜん》だったけれど、ザックは疑問《ぎもん》に思ったりはしなかった。ザックは大きくのけぞって、青い空を見上げ微笑《ほほえ》んだ。

川の両岸には草がはえていて、ときどきオイルタンクや工場、ぽつんぽつんと家があらわれる。アリスがさらに帆《ほ》を広げると、さらにスピードが上がり、ヨットは右舷《うげん》側に傾《かたむ》いた。左舷《さげん》側が上がったので、三人は足でバランスを取るように踏《ふ》ん張《ば》って、なるべくヨットが水平になるようにした。ヨットは水を切って、ぐんぐんスピードを上げる。

「飛ばされちゃう！」ポピーが叫《さけ》んだ。

「しっかり、つかまって」アリスがいう。

ザックは舵《かじ》をおしこんでヨットを左側にむけた。スピードがすこし落ち、水平になる。帆がばたばたとはためきはじめた。アリスが遅《おそ》いスピードにあわせてロープを締《し》めた。興奮《こうふん》もしたけれど、おそろしくもあった。

ポピーはコクピットにもぐって、リュックからクイーンを取りだし、自分のパーカの胸《むね》に入

れてジッパーを上げた。「飛ばされるといけないから。川に落とすわけにはいかないでしょ」ポピーはいった。

「リュックのなかの方が安全じゃないかな?」ザックがいった。

「そんなことない」

アリスはあきれたように両方の眉《まゆ》を山なりに上げた。ザックに、ポピーがイカれてるのを思い出させようとしているかのように。

ヨットが急にスピードを上げる原因《げんいん》に気づくまでにはすこし時間がかかった。帆《ほ》を広げたり閉《と》じたりのタイミングや、ほとんど十分おきぐらいに微妙《びみょう》に変わる風にどう対応《たいおう》したらいいのか、それに、ほかの船にぶつからないようにするのに慣《な》れるのにも。

もう何時間も航海しているような気がしたけれど、実際《じっさい》にはほんの一時間ぐらいだ。ふだんザックは、なにかに夢中《むちゅう》になると、自分が歩いていることも忘《わす》れてしまうようなことがよくあった。けれども、ヨットを操縦《そうじゅう》するのはバスケをしているときとおなじように、ぼんやりする暇《ひま》など一瞬《いっしゅん》もなかった。もっと経験《けいけん》をつめばちがってくるのかもしれないが、時間の半分は、ヨットを転覆《てんぷく》させてしまうのではないかとおそろしい思いをしていた。それほどしょっちゅう、ヨットは大きく傾《かたむ》いた。のこりの半分の時間は、帆がだらんとゆるんでしまい、ヨットを進めることができなかった。

ときどき、巨大《きょだい》なはしけ船が横を通るたび、ヨットは左右にはげしくゆれるので、三人はつかまれるものにはなんにでもつかまって、船外に投げだされないようにしなければならなかった。まるでロデオのようだ。

「真珠号《しんじゅ》のオーナーは、ヨットが消えたのに気づいたかな？」ポピーがたずねた。川が右にカーブするところにあった、背《せ》の低い木が二、三本はえているだけの、岩でごつごつした島の横を通りすぎたときだった。

ザックは落ち着きなくもぞもぞとおしりを動かした。ザックがウィリアム・ザ・ブレイドになりきって、人々から物を奪《うば》うときには、いつだってそれらしいいいわけができた。たいていは、相手が悪党《あくとう》だからという理由だったけれど、現実《げんじつ》の世界のことになると、なかなかそうもいかない。「イースト・リバプールに着いたら、波止場に電話をして、真珠号のありかを教えるよ。それでオーナーは真珠号を取り返しにこられるから、そんなに長い時間心配しないですむんじゃないかな」

アリスが岩でごつごつした島を指さした。ザックとポピーの会話はぜんぜんきいていなかったようだ。「あの島なら、なんだってありだと思わない？　きっと、あの島に足を踏《ふ》み入れた人はだれもいないよ。想像《そうぞう》してみて。あの岩の奥《おく》には入り口があるんだけど、それを知る人はだれもいないの。その入り口を通った人はだれも生きて帰ってこないからよ」

ザックもその島を通りすぎるとき、想像《そうぞう》してみた。

川がカーブするあたりには工業地帯が広がっている。東側の岸には家も建っているし、パイプやタンク、はしけ船などがならんでいるのも見える。船はたくさん停泊《ていはく》していて、数隻《せき》のモーターボートがそのあいだを走りまわり、水面を波立たせている。ヨットがひっきりなしにゆれるので、操縦《そうじゅう》はむずかしくなった。体を傾《かたむ》けるのに力を使ったせいで、ザックの筋肉《きんにく》は痛《いた》み、水しぶきで服はびしょぬれだ。

アリスが携帯《けいたい》をチェックした。

「いま何時?」ザックはアリスにきいた。

「だいたい二時四十分。イースト・リバプールに着いてバス停を見つけるまで、あと一時間しかないよ」

ポピーが不安げに目をそらした。そもそもポピーの計画だとはいっても、ポピー本人も不安でしょうがないんだろう。

「思ったより、時間がかかってるね」ようやくポピーがいった。「あの男の子たちがいってたのより長かった」

もし、手漕《てこ》ぎボートだったら、もっと時間がかかったといってやりたかったけれど、ザックはそれはいわなかった。時間は十分とはいえないけれど、ザックはまだ楽しい気分だ。アリスとふたりで小さなヨットをうまく操縦してきた。スピードも速くなったし、風をつかんで、自転車で丘《おか》を走りおりるように、水面をすべらせてきた。

ザックはゆったりかまえて、岸辺のようすや、森が町やハイウェイに変わり、また森になるようすや、川岸のぎりぎりのところに建っている家などをじっくり観察した。なかには個人《こじん》用の桟橋《さんばし》や広大な芝生《しばふ》まで備《そな》えた大きな屋敷《やしき》もあったし、川の近くにあってもごくごくふつうの家もある。

それから、さらにたくさんの工場を通りすぎた。どれも、ずいぶん古く見える建物で、空に届《とど》くようなくずれかけた煙突《えんとつ》がついている。そんな工場の下に広がる町は、自分たちが住む町をすかすかにしたような感じにも見えた。窓《まど》に板を打ちつけた二、三の立派《りっぱ》なビクトリア様式の家や、閑散《かんさん》とした中央広場なんかもある。そのまま進むと、真珠《しんじゅ》号がようやくくぐれるような小さな鉄橋があった。上を通る車のせいで、ガタガタいう音がきこえた。その先は川が南にむけてカーブしていた。

「ちょっと待って」ポピーが通りすぎたばかりの町をふりむいていった。「ひき返して。あそこがイースト・リバプールだよ。あれは古い焼き物工場よ。ほら、見て！」

ザックはびっくりして、半分腰《こし》を浮《う》かした。「ひき返せだって？　川がどっちにむかって流れてるのかわかってる？　それに風だって。ひき返すんなら、むかい風になるんだよ」

「だけど、あそこにもどらなきゃ」ポピーは目を大きく見開いている。「通りすぎちゃったんだよ」

ザックはアリスを見た。アリスの顔は恐怖《きょうふ》で青ざめていた。アリスだって、ヨットを逆走《ぎゃくそう》させる方法なんか知らない。

「わかったよ。じゃあ、アリスはブームを反転させて。ぼくは舵《かじ》をひくから」

アリスがうなずく。ザックは川岸から距離《きょり》を取ろうと、砂地《すなち》の岸の方に舵を取った。「帆《ほ》の方向が変わったら、ぼくたちは場所を入れかわらなきゃ。いいね、ポピー、準備《じゅんび》しておいて」

ザックは舵をひき、アリスがロープをひっぱったので、帆はぴんと張《は》って大きくふれた。ヨットはなめらかに反転した。ところが、風と川の流れが思いがけない方向から働いて、なにをどうしていいのか考える暇《ひま》もなく、ヨットは片側《かたがわ》に大きく傾《かたむ》いてひっくり返り、三人を川に放りだした。

水はショックを受けるほど冷たく、水面にたたきつけられた衝撃《しょうげき》で骨《ほね》がガタガタ震《ふる》えるほどだった。ザックはヨットの舷側《げんそく》をつかんだ。

アリスが水を吐《は》きながら浮かんできた。ポピーはマストと帆につかまって足をバタバタさせている。

ザックはサメの背《せ》びれのように船底からそそりたっているキールのところまで泳いだ。「ちょっとのあいだ、ヨットからはなれて」

ポピーはヨットからはなれて、犬かきでアリスの方にむかう。

ザックが船体に体重をかけると、ヨットはすぐに元通りになった。帆も水面から上がった。

ザックはヨットのなかにころがりこんだ。

アリスも自分でデッキに上がった。それから、ふたりでポピーをつかんだ。ポピーはヨットにひっぱり上げられるまで、ずっと片手《かたて》で胸元《むなもと》のクイーンをおさえつづけていた。またはしけ船がヨットの左側を通りすぎ、ふたたびヨットを左右に大きくゆらした。ザックにはさらに二隻《せき》のはしけ船がつづくのが見えた。しばらくのあいだ、三人はただ、帆をたれたヨットにしがみついて、まちがった方向に流されるだけだった。

アリスがポピーにせまった。「もうたくさん。これで終わりだよ。その不気味な人形も、嘘《うそ》を無理矢理ほんとうのことにしようとするのもうんざり」そういいながら、アリスはすばやく手をのばし、ポピーのパーカから半分のぞいたクイーンをつかみ取った。

ポピーは悲鳴をあげ、ザックは息をのんだがもう遅《おそ》い。アリスははしけ船の方にむけて、クイーンを力いっぱい投げ捨《す》てた。

しばらく、なにもかもが凍《こお》りついたようだった。クイーンはほとんどしぶきも上げずに水面に落ちた。そして、スローモーションのようにゆっくり沈《しず》んでいった。金色の髪《かみ》が水面に広がり、眠《ねむ》たげな黒い瞳《ひとみ》は三人を見上げている。やがて、あぶくをあげながら沈んでしまう前に、一瞬《いっしゅん》三人にむかって頭を下げたようにも見えた。

第十二章

ザックはなにも考えずに飛びこんだ。

小さいころ、母親につれられてYMCAの水泳教室に通っていたことがある。プールの塩素《えんそ》のにおいや、二の腕《うで》をしめつけるオレンジ色のアームリング、子どもたちの声が天井《てんじょう》で反響《はんきょう》していたことなどを覚えている。それに、カエルのようなキックのしかたも。

ザックはいま、クイーンにむかって何度も何度もキックしていた。クイーンをつかもうと手をのばし、にごった茶色の水のなかでしっかり目を開けた。

指がクイーンのドレスにひっかかった。反対側の腕をせいいっぱいのばしてクイーンの腕をつかみ、たぐりよせる。一瞬、小さな磁器《じき》の冷たい体があたたかく感じられた。そのことは深く考えず、必死で水面まで浮《う》かび上がる。水から顔がでると、助かったと思いながら大きく息を吸《す》った。

寒さで体がガタガタ震《ふる》える。歯はカタカタと鳴っている。つま先の感覚はなくなっていた。

ポピーとアリスがいい争っているのがわかったが、頭がぼんやりして、なにを話しているのかはわからない。

そこへ、はしけ船の波が襲《おそ》いかかった。波のせいで、ふたたび頭が水面下に沈《しず》んだ。予測《よそく》していなかったので、息を止める暇《ひま》がなく、おぼれかけた。

真珠号《しんじゅ》は変な角度に傾《かたむ》いて岸の近くにあった。波で浅瀬《あさせ》におしやられて、キールが泥《どろ》につかまったようだ。真珠号は座礁《ざしょう》したんだ。

ポピーとアリスが浅瀬を歩いて岸にむかっている。

ふたりはののしりあっているが、ザックはどうでもよかった。水があまりに冷たすぎるし、エネルギーを使い果たして、泳ぐことでせいいっぱいだ。

ザックはキックした。キックしてキックしてキックした。

胸《むね》にクイーンを抱《かか》え、片腕《かたうで》だけを動かして永遠《えいえん》とも思える長いあいだ、ザックは泳ぎつづけた。ようやくたどりついたオハイオ川の岸は泥沼《どろぬま》のようで足が取られ、そこを歩くのは泳ぐよりきついほどだ。

ポピーは倒《たお》れた木の幹《みき》にすわっていた。びしょぬれでみじめそうだ。唇《くちびる》は寒さで紫色《むらさきいろ》になっている。アリスはコートをどこかに脱《ぬ》ぎ捨《す》てて、体が震《ふる》えるのを力づくでおさえつけようとでもいうように両腕《りょううで》で自分の体を抱《だ》いている。

「リュックはどっかにいっちゃった」アリスがいう。「最初にヨットが転覆《てんぷく》したときに川に落ちたんだと思う」

ザックは砂《すな》と泥が入りまじった岸にへたりこみ、腕《うで》に抱えた人形を見た。クイーンのドレスは破《やぶ》れ、乾《かわ》いたらばらばらに砕《くだ》けてしまいそうに見える。片方《かたほう》の腕は肩《かた》からはずれ、汚《きたな》いひもでだらりとたれている。ザックはあらためてクイーンを見つめて、どうしてこんな人形を助けるために、凍《こお》るような水に飛びこんだのか、自分でも不思議に思った。

ザックはそうしようと考えもしなかった。飛びこむ決心をしたのかどうかも覚えていない。ただ、もし、飛びこんでいなかったら、いまだにあきらめきれないなにかを失ってしまうことだけはわかっていた。

クイーンの眠《ねむ》たげな目がザックを見上げたとき、ポピーが死者のそばでは息を止めてなくちゃだめだと話していたことを思い出した。もしかしたら、遺灰《いはい》の入った袋《ふくろ》を開けたとき、たまたまその灰《はい》を吸《す》いこんでしまったのかもしれない。そのせいで、クイーンはいつでも好きなときにザックをあやつることができるようになったんだろうか。墓場《はかば》の横を通りすぎたとき、死者が乗り移《うつ》るように。ザックはクイーンを投げ捨てたかった。でも、手が動かない。

「いま何時なの？」アリスがたずねた。「わたしの携帯《けいたい》は死んじゃった」

ザックは腕時計《うでどけい》を見た。ガラスの内側の真ん中あたりはくもっていたが、もし止まっているとしてもそんなにちがいはないだろう。「三時二十分」

「もういかなくちゃ」アリスはパニックを起こしている。「さあ立って。いかなくちゃ」

ザックの足は鉛《なまり》のように重かった。「アリス……」もうまにあわないよ。そういいたかった。無理だって。いくっていっても、どこにいけばいいかもわからないんだから。でも、アリスの顔を見ると、本人も十分にわかっているのが見て取れた。クイーンを川に投げ捨《す》てる前に、すでにわかっていたのだろう。

「よくもそんなことが……」ポピーはアリスにむかってそういいかけたが、最後までいう前にアリスは背中《せなか》をむけてはなれてしまった。ポピーはザックの手からゆっくりクイーンをひっぱった。ザックも手をはなす。

アリスは迷《まよ》ったようすなど一切見せずに歩いていく。自分でもどこにむかっているのかわかっていないんだろうと思いながらも、ザックもアリスのあとにつづいた。ポピーもついてくる。

三人はよろめきながら森をぬけ、車も人も通らない道に沿《そ》って歩いた。それから、世界の終末のあと、牛ではなくゾンビを近寄《ちかよ》らせまいとしているように見えるみすぼらしい金網《かなあみ》のフェンスをこえた。岩や木の切り株《かぶ》をよたよたと乗り越《こ》えるたびに、ぬれた髪《かみ》は顔や首にまとわりつき、ずぶぬれの靴下《くつした》は靴のなかでグシャグシャと音を立てた。だまりこんでいるふたりに耐《た》えられず、ザックはパニックを起こしそうだ。ザックは腕時計をひっきりなしに見た。もはや正確《せいかく》な時間をさしているようには見えないが、ずいぶん速く進んでいる気がする。

三人とも震《ふる》えていた。アリスは時間をたずねつづけたが、その声はだんだん小さくなっていった。三時半になっても、アリスはこわい顔をしながら歩きつづけた。三時三十四分には走るように足を速めた。三時三十七分になると、アリスはしくしくと泣きはじめた。ザックはなぐさめようとアリスにむかって手をのばしたけれど、ものすごい顔でにらみつけられたので、手をひっこめて近寄らないことにした。三時四十三分には、アリスは歯を食いしばって歩きつづけた。

バスが完全にでてしまったであろう三時五十四分になると、アリスはくるりとポピーの方をむいた。

「こんなことにはならないって約束したじゃない！」アリスは叫《さけ》んだ。「いったい、何回約束を破《やぶ》ったら気がすむの？　ポピーのせいで、わたしの人生はめちゃめちゃよ！」

「冒険《ぼうけん》なんかやりたくなかったくせに！」ポピーが怒鳴《どな》り返した。「エレノアを川に投げるなんて。まるでゴミでも捨《す》てるみたいに」

「もし、クイーンがいなくなったら、ポピーも目が覚めるんじゃないかって思ったんだよ。全部でたらめな作り話だってことはわかってるんだから。こんなもの、本気で信じてるみたいに、さも大事そうなふりをするのはいいかげんにやめてよ。ザックはだませても、わたしはだませないんだよ」

「それでそんなに怒《おこ》ってるの？　ザックのことで」

「そんなんじゃ……」

ポピーがくるりとザックの方に体をむけた。「アリスはね、ザックのことを愛しちゃってるの。それがアリスの秘密《ひみつ》だよ。アリスはね、ザックにボーイフレンドになってほしいんだって。いっしょに映画《えいが》にいったり、キスしたりしてほしいんだって。アリスがいっしょにきた理由はそれだけなんだよ」

ザックは思わずあとずさりして、アリスの方を見た。きっと否定《ひてい》するだろうと思った。アリスは震《ふる》える手で顔をおおった。アリスもポピーも、自分とおなじくらいはげしく震えている。それでも、アリスは否定しなかった。ザックはそれをどう受け止めていいのかまったくわからない。すこしばかり混乱《こんらん》して、ものすごくショックを受けている。でも、いまはそんなことはどうでもよかった。三人とも寒くてみじめで、こんな取り返しのつかないおかしなことでもめる前に、なにかやらなきゃいけないことがあるはずだ。

「ねえ、アリス……」ザックは自分でもなにをいおうとしているのかわからないまま口を開いた。話しているうちになにか思いつくかもしれないと期待しながら。

アリスはポピーから目をはなさずに首を横にふっている。「やっぱりいうと思った。あんたは最悪だよ。これでわたしにも、ザックがあんたに嫌気《いやけ》がさした理由がわかったよ。ザックはね、ポピーの質問《しつもん》にちゃんと答えてた。ザックはいまでも『ゲーム』のことが気になってる。口ではちがうっていってるけどね。『ゲーム』をつづけたいって思ってるんだよ。でも、あんたといっしょにいるのがいやだからもう遊ばないっていってるの。どうしてだかわかる？　わたしももう遊ばない。ザックはね、あんたが大きらいなんだよ。わたしもあんたが大きらい」

それから、身じろぎもせずにアリスを見つめているポピーを置いて、アリスはふたりに背《せ》をむけて走り去った。藪《やぶ》をおしのけるようにして森のなかへ。ポピーの肌《はだ》は紅潮《こうちょう》して、あざのようなものが浮《う》かんでいた。

「ねえ、ポピー、大きらいなんかじゃないから」ザックはポピーに話しかけた。一瞬《いっしゅん》まよったものの、すぐにアリスのあとを追う。

ザックには、ふたりにとって自分がいい友だちじゃなかったことはわかっている。嘘《うそ》をついていたんだから。そして、その嘘のせいで三人ともおたがいにいがみあうことになってしまった。自分は傷《きず》つき、腹《はら》を立てていたし、その気持ちを知られるのがこわかった。でも、ポピーとアリスはこれまでとなにも変わらずに『ゲーム』をつづけ、親友同士で、たがいの家に泊《と》まりあう関係がつづくものとばかり思っていた。

あとになって、望みさえすれば、また元通りの友だちにもどれると思っていたし、なにも変わらないだろうとも思っていた。そう期待していた。

でも、もうだめにしてしまった。

アリスはすぐに見つかった。木にもたれてすわり、うなだれているので、編《あ》みこんだぬれた髪《かみ》が顔をかくしている。また泣いているのかと思ったけれど、確信《かくしん》はもてない。目のまわりは赤く、はれぼったくなっていた。

「探《さが》しにこなくてよかったのに」アリスはいった。

ザックは近づき、となりにすわった。「どうして、あんなこといったの？」

アリスは、顔を上げずに首を横にふった。「わかんない」

「ヨットの上では最高だったよ。うまく操縦《そうじゅう》できたよね」自分の頭のなかでは筋《すじ》が通ったことばだと思ったのに、口にしてみると嘘っぽくきこえた。

アリスは肩《かた》をすくめる。どうしたら話をいい方向にもっていけるのか、さっぱりわからない。アリスが自分を好きだというのはほんとうなのか確《たし》かめてみたかった。でも、これ以上アリスを動転させたくはない。あんなに動揺《どうよう》したところを見ると、きっとほんとうなんだろう。でも、それをザックに知られたくないというだけで、ポピーについてヨットに乗りこんだ真意がよくわからない。好きだっていうのは、侮辱《ぶじょく》やなんかとはぜんぜんちがって、むしろ、ほめことばのようなものなのに。

ザックはこれまで一度も、女の子をデートに誘《さそ》おうと思ったことはなかったけれど、もし、ピザを食べにいったり、ゲームセンターにいくようなデートに誘うんなら、相手はアリスみたいな子だったらいいなと思う。

思いがけず、アリスが長い沈黙《ちんもく》を破《やぶ》った。「楽しかったね」ぎこちなく微笑《ほほえ》んでいる。「航海は。転覆《てんぷく》しちゃったけど。それに、ザックがヨットを盗《ぬす》むなんて信じられない」

「あとで、波止場に電話するよ」すこしばかり弁解《べんかい》がましくいった。「だから、盗んだっていっても、ほんの短い時間だけだよ」

アリスは、それには答えなかった。ザックはまた気まずい時間が流れるのはいやだった。そこで、勇気をふりしぼっていった。「いろいろとごめんね。時間を巻《ま》きもどせたらって思うよ。アリスのいう通りだった。おばあさんには、なにもかもぼくとポピーのせいだって話すから」

「それはいいの。そもそも、わたしが頭にきてるのはそのことじゃないし」アリスは頭を木にもたせかけた。「すくなくともいまはね。腹《はら》を立ててるのはべつのことに対してなの」

アリスがなにをいいだすのか、よくわからないままザックは待った。

「ポピーに語りかけた幽霊《ゆうれい》って、ほんとうにいると思う？　幽霊の存在《そんざい》を信じるかどうかをきいてるんじゃないの。わたしがききたいのは、ポピーがいうこの幽霊のこと」

ザックはうなずいた。「ドーナツ屋の店員や、バスのイカれた男には見えたみたいだし、野宿した場所はめちゃくちゃにされてた。それに、森のなかで、ぼくもエレノアの夢《ゆめ》を見たんだ。ポピーとおなじようにね。おなじ夢ってわけじゃないけど、似《に》たような夢だった」

「ほんとに？」あんまりうれしそうじゃない。

「もうすこし前にいうべきだったかもしれない」

「わたしはただ……」アリスは自分の手に目を落とした。そして、その手をにぎりしめた。「わたしはエレノアのこと、信じたくない。ポピーに語りかけた幽霊がほんとうにいたとは思いたくないの。なのにザックまで……」

「やきもちなんか焼かなくたって……」

アリスがさえぎって早口でいった。「なんにもわかってないんだから。幽霊なんかいるわけないの。本物の幽霊なんかね。だって、もしいるんだとしたら、なんの縁《えん》もない死んだ女の子はポピーにとりつくのに、わたしの死んだ両親が、わたしに会いにきたり、とりついたりしてくれないのはおかしいじゃない」

なにもかもが動きを止めたような気がした。宇宙《うちゅう》全体が一瞬《いっしゅん》息をのんだかのように。

アリスは手の甲《こう》で目をぬぐった。手はこらえていた涙《なみだ》でぬれて光っている。「もし、クイーンを埋葬《まいそう》したら、エレノアはほんとうに消えると思う？　エレノアは安らかに眠《ねむ》れるの？　もしそんなことがほんとうに起こるんだとしたら、わたしの両親は、わたしにさよならもいわないで平気だっていうことになるじゃない。わたし、そんなバカみたいな夢、一度だって見たことないんだよ。たったの一度もね」

アリスの両親のことはぼんやりとしか覚えていない。ザックは、太陽の黄色い光に満たされたキッチンのリノリウムの床《ゆか》にすわって、アリスとミニカーで遊んでいたとき、アリスのお母さんがジャムをぬったトーストを作ってくれていたのを思い出した。それから、アリスのお父さんは、仕事場の裁判所《さいばんしょ》に、いつもとんでもなくおかしな柄《がら》のネクタイをしめていったのも覚えている。そしてもちろん、ふたりとも事故《じこ》で亡《な》くなってしまったのも。けれども、ふたりのことを幽霊《ゆうれい》になってもおかしくない、ほんとうにこの世にいない人だと考えたことはなかった。それに、自分の両親が眠《ねむ》っている墓《はか》を掘《ほ》り起こすような冒険《ぼうけん》なんて想像《そうぞう》もできない。

そんなことを、これまで一度も考えなかった自分がバカに思えてしかたない。そんな自分がアリスになにをいっても、さらにバカさかげんをさらすだけのような気がした。無力感しかない。

「死んでしまったら、そのあとどうなるのか、選択肢《せんたくし》はないのかもしれない」ザックはそういって、アリスのそばにしゃがみこんだ。「それに、幽霊になるのって、すごくいやなことなのかも」

アリスはふんと鼻を鳴らし、唇《くちびる》のはしをすこしだけ持ち上げた。「かもね」

枝《えだ》が折れる音でふたりは同時に顔を上げた。ザックは立ち上がる。ポピーがふたりにむかって歩いてきた。ほっとした気持ちとがっかりした気持ちの入りまじった、すごく気まずそうな顔をしている。

「街にいく道を見つけたみたいなんだ」ポピーはいった。

第十三章

イースト・リバプールのメインストリートには、大きな店がたくさんならんでいたけれど、その多くはすでにつぶれてしまっているようだった。「パンツ・アンリミテッド」という店のウインドーは「ファイナル・セール！」というビラでおおわれていた。そのビラの色あせたようすを見ると、もう何年も閉店《へいてん》セールをつづけているようだ。オーナーらしき人が店の戸口に立ってタバコを吸《す》っていた。ザックとポピー、それにアリスは、まだしずくをたらし、ギュッギュッと靴《くつ》を鳴らしながら、その男の人の前を通りすぎた。ポピーはクイーンを胸《むね》に抱《だ》いている。顔をそむけているので、クイーンの頬《ほお》が以前よりピンク色を帯びていたとしてもお店の人には見えない。次に通りすぎたのはゲームセンターで、歩道には自転車が二、三台倒《たお》されている。近くの停止標識《ひょうしき》にはさらに二、三台の自転車がチェーンで巻《ま》いて止められていた。それから、ようやく食堂《ダイナー》に行き当たった。開いているレストランはそこだけのようだ。

三人は立ち止まって、ドアにはってあるメニューを見た。

「ぼくはバス代以外に、四ドル二十五セント持ってる」ザックがいった。「ふたりは？」

「使えるお金ってこと？」とポピー。「わたしはゼロ」

「八ドル七十五セント」アリスはワンピースをたくし上げて、下にはいているジーンズのポケットをすばやくさぐっていった。

「つまり、バス代以外に使えるお金は、ほとんどないってことだね。でも、ないわけじゃない」

ポピーがいった。

バスときいて、アリスは苦々《にがにが》しい顔をしたけれど、なにもいわなかった。ザックはよかったと思いながらも、心配になった。森から歩いてくるあいだ、三人はどこをどう歩けばいいのかしか話さなかった。ポピーとアリスが、もうけんかをしたくないと思っているのか、さらに派手《はで》なけんかに備《そな》えてかまえているだけなのか、ザックにはよくわからなかった。

なぜだか、ザックはふたりの争いの中心にいるのは自分だと感じた。もしポピーとアリスがこれ以上争う必要はないとわかれば、そのとたんに今度はふたりの怒《いか》りの矛先《ほこさき》が自分にむけられるような気がしてならなかった。きっと時間の問題だろう。『ゲーム』をだいなしにしたのは自分だし、ポピーの質問状《しつもんじょう》をかくしたのも自分、そしてアリスが好きなのも……。

アリスが好きなのが自分だと考えるのは、なんだか変な気分だった。それまでもザックは、女の子についてまるで考えなかったわけではないし、アリスを、そんな目で見たことがなかったわけでもない。確《たし》かにアリスのことは気になっていた。だけど、実際《じっさい》にデートに誘《さそ》うって？考えただけで体がこわばる。

「よし」ザックはそういって食堂のドアをおした。「さあ、入ろう」

食堂のなかはあたたかく、レジの近くに丸い回転台があって、アイシングのかかった大きなケーキや、なかの具が切り口からはみだしているパイやなんかが山のように積まれている。小さなガラスの皿にのったゼリーや、レーズン入りのライスプディングもあった。それぞれラップがかかっている。

レジの奥《おく》に、美容院《びよういん》でかけた風の短いカールの白髪《しらが》の女の人が立っていた。その人は三人を疑《うたが》わしげに上から下までじろじろ見てきた。トラブルを起こしそうな客かどうか、見きわめようとしているみたいだ。そして、とうとういった。「泥《どろ》のあとをつけないでよ」

厨房《ちゅうぼう》からなにかのフライのにおいがして、ザックのお腹《なか》がグーッと鳴った。

「すみません」アリスが一歩進みでて、せいいっぱい芝居《しばい》がかった顔でいった。「わたしたち、ヨットに乗っててつい夢中《むちゅう》になりすぎちゃって。帰る前にあたたかいものを食べたいだけなんです。水がすごく冷たかったから」

レジの奥の女の人はにっこり微笑《ほほえ》んだ。三人の泥だらけのかっこうは、健康的なアウトドア・スポーツのせいだと納得《なっとく》したみたいだ。もしかしたら、ヨットに乗ってる子どもたちなんだから、見た目はそうじゃなくても金持ちだと判断《はんだん》したのかもしれない。

「わかったわ。でもその前に裏《うら》にまわって、服をかわかしてきたら? 席は四人分でいいね?」

「三人です」アリスがそういうと、女の人はとまどったようにまばたきしている。

ザックは不気味なものを見るように目を細めて、ポピーの腕《うで》にぐにゃりと抱《だ》かれたクイーンを見た。

「いこう」ポピーはアリスの手を取って、大いそぎでトイレにむかった。ポピーはとちゅうでレジの白い髪《かみ》の女の人をふり返って、「四人席にしてください」といった。

ザックは男子トイレに入った。小便器が三つならび、個室《こしつ》はひとつ。全体が淡《あわ》いブルーのタイル張《ば》りで、壁《かべ》の上の方には古い時代のオハイオ川の絵が描《か》かれている。ザックは洗面台《せんめんだい》の前まで進み、靴《くつ》を脱《ぬ》いで洗《あら》った。それから、ジーンズも脱いで、泥をぬぐい落とし、裾《すそ》の折り返しにたまった草を取り除《のぞ》いた。そのあと、ペーパータオルと温風乾燥機《かんそうき》を使って、すこしでも乾《かわ》かそうとしてみた。

最後に、洗面台の上でシャツをしぼり、手でぬれた髪をとかし、ジーンズをはいた。しめった冷たいジーンズは足にはりついた。鏡をのぞきこむと、すこし日に焼けた男の子が見つめ返した。記憶《きおく》より大人びている感じがするものの、見慣《みな》れたくしゃくしゃの茶色っぽい黒髪《くろかみ》と青い瞳《ひとみ》の目が問いかけてくるような気がした。おまえは自分のやってることがわかってるのか？と。

トイレからでると、アリスとポピーはすでに席についていた。ザックにむかって手をふっている。ザックが席にすわると、ちょうどそこにウエイトレスがやってきた。

三人よりほんのすこしだけ年上に見えるそのウエイトレスは、ピンクのリップをぬり、黒い髪はラフにカットされていて、鼻ピアスをつけていた。メニューをわたそうとした手を止めて、ポピーのとなりにだらりとすわっているクイーンをまじまじと見つめた。

「それ、あんたの？」ウエイトレスは指さしていった。川の泥《どろ》が鼻や口のくぼみにたまり、金色の巻《ま》き毛はごわごわと固まっている。「マジキモイ」

「うん、そうなんだ」アリスは陰気《いんき》にポピーの方を見ていった。「最高にキモイよね」

ウエイトレスは、にっこり笑い、メニューを手わたすと歩き去った。ザックはあのウエイトレスにはちゃんと人形に見えているんだと、ほっとした。ティンシュー・ジョーンズやドーナツ屋の店員、レジにいた女の人とはちがって。ザックはその考えを頭からふりはらってメニューに集中した。いま使えるのは十二ドル七十五セント。ポピーのバス代に足りない分、二十五セント貸《か》すのも計算に入った金額《きんがく》だ。

ビスケットとスクランブルエッグにホワイト・ミートソースをかけて、ハッシュポテトをそえたメニューがある。これなら十分量がありそうで、五ドルでふた皿たのんで三人で分ければいい。でも、フライドポテトとコールスローのついたターキー・ベーコン・クラブ・サンドイッチもあって、それは七ドルちょっとだ。もし、ソーダの代わりに水ですませれば、チップの一ドルをたしてもまにあう。ほかにも、三ドル九十五セントのスクランブルエッグぞえのハッシュポテトとトーストをたのむという手もあるけれど、それだと、ちょっとだけお金がたりない。

二ドル九十五セントのチリコンカンならまちがいなさそうにも見える。ひとり一皿ずつたのんで、二ドル五十セントのフライドポテトをひとつだけつけるというのはどうだろう。

持っているお金でなにをたのもうかと考えていると、つばがわいてきた。どれにするかすぐに決めないと、どれもこれもたのんで、家に帰れなくなってしまうような気がする。

「すぐもどるね」アリスがそういってカウンターの方に歩いていった。テーブルにはポピーとふたりきりになった。

「ポピーもいってくれば」ザックがいった。「話してこいよ」

「ザックこそいけばいいじゃない」ポピーはぬれたほつれ髪《がみ》を耳のうしろにひっかけながらいった。

ザックはため息をついた。「いいかげんにしろよ」

「いいかげんって、どういうこと?」ポピーはまばたきもせずにザックをにらみつけた。「わたしの質問《しつもん》に全部答えたくせに、かくしてた理由を話しなさいよ。どうして、あと一回だけでもいっしょに『ゲーム』をやらないの?」

「できないからだよ」

「そんなの答えになってない」ポピーはテーブルの上で両手を組んで、その上にあごをのせ、ザックを見つめた。

「ああ、そうだね」ザックは情《なさ》けない声でいった。「その方がかんたんだと思ったから……」

アリスがテーブルにもどってきたので、ザックはそこでことばを切った。アリスはケチャップとタバスコのびんを持っていた。アリスはメニューを開くと値段《ねだん》をチェックしはじめた。

「ソーダはお代わり自由だよ」アリスがいう。「ひとつだけたのめばいいね」

「はい、それで、一ドル七十五セント消える」

「バスのこともきいてきたんだ」アリスはポピーともザックとも目を合わせずにいった。「次の便は明日で、今日とおなじ時間だって。バス停の方向もわかった。ここから三キロぐらいははなれてる」

ザックは、それはいまのこの場所より、川に落ちた場所に近かったんじゃないかと思った。そして、反対方向に歩いてきてしまったんじゃないかと。それとも、ちゃんと正しい方向だったんだろうか？　でも、それをアリスにはきけなかった。ポピーは下唇《したくちびる》をかんでだまっている。クイーンの黒い瞳《ひとみ》は、泥《どろ》の筋《すじ》のついた顔のなかでキラキラ光っている。ザックは思わず考えてしまっていた。結局、なにもかもクイーンが望んだ通りに進んでいるんじゃないかと。もちろん、なんの証拠《しょうこ》もないんだけれど。

三人がいつまでもメニューを見ているので、ウエイトレスがもどってきて、ドリンクのオーダーを取った。結局、水道水をたのんだ。ウエイトレスはパンとマーガリンが入ったバスケットをテーブルに置いていった。三人は飛びつくように手をだして、ロールパンをちぎり、マーガリンをぬって口におしこんだ。

ドーナツ以来、はじめての食べ物に、ザックはずいぶん気分がよくなった。ポピーとアリスもおなじにちがいない。チリコンカンとフライドポテトを注文することで意見が一致《いっち》したし、すこし焦《こ》げた、ケチャップとソースまみれのフライドポテトの最後のひとつまで食べつくしたんだから。

「すごく疲《つか》れちゃった」アリスはテーブルに頭をのせていった。「長いあいだ歩いて、泳いで、寒くてみじめだよ。このままここで眠《ねむ》れそう。テーブルの下にもぐってね。地べたに寝《ね》るのより、よっぽど快適《かいてき》だろうから」

「もうちょっとじゃない」ポピーが静かにいった。「すぐそこまできてるんだよ」

「はいはい」アリスがうめき声をあげた。「身動きが取れないんだから冒険《ぼうけん》は終わらせる。だけど、本気で夜中に墓地《ぼち》にいって、お墓《はか》を掘《ほ》り返すつもりなの?」

ザックは窓《まど》の外に目をやった。まだ太陽は見えているけれど、もうじき沈《しず》みそうだ。アリスのいう通りだ。なんとか目的地に着いたころには、ずいぶん遅《おそ》い時間になっているだろう。

「今夜いくんなら、道具が必要になるね」ザックがいった。「なにか掘る道具や懐中《かいちゅう》電灯なんか。ぼくのリュックに入ってたんだけど、いまはオハイオ川の底だから」

アリスが鋭《するど》く息をのんだ。ザックはアリスの視線《しせん》を追った。アリスは人形を見つめていた。人形は首をひねって窓の外を見ているように見える。ポピーもおなじ方向を見ている。まるで、クイーンとそっくりおなじ姿勢《しせい》だ。

「ポピー」ザックはいった。「ふざけるのはやめて」

「え、なに?」ポピーがふりむいた。眠りから覚めたみたいに。ザックはポピーがクイーンの頭を窓の方にむけたところは見ていない。でも、知らないうちにやったはずだ。人形は自分で動いたりしないいんだから。ガラスケースからぬけだしたり、墓までいくようにしむけることだって。人形は動かないいんだ。

ザックは動くはずがないと心から願っていた。

ただ、あの森のなかでのことはべつだ。

「これから、どこにいったらいいのか、ポピーは知ってるんだね? どの墓地なのか、わかってるんだね?」自分たちの町からバスに乗りこむ前にも、ほとんどおなじ質問《しつもん》をしたのを思い出した。お墓はヤナギの下にある。あとはエレノアが教えてくれる。

アリスがなにか意地の悪いことをいいそうな顔をした。

ポピーはふたりのどちらにも目をむけずにうなずいた。「うん」

「ほんとに?」アリスがたずねる。

「もちろん」ポピーはまずザックの、それからアリスの目を見ていった。「あとは地図が必要なだけ」

ザックはポピーがもっと自信たっぷりなようすならよかったのにと思った。でも、それだけじゃない。クイーンのことでこんなにむきになってほしくなかったし、ときどきとりつかれたようになるのもやめてほしかった。なんだか、期待ばかりしてるみたいだ。

食堂の支払《しはら》いをすませると、帰りのバス代以外にはなにも残らなかった。お札のほかにも、それぞれのポケットから汚《よご》れた一セント硬貨までひっぱりだした。ウエイトレスは店からでていく三人に微笑《ほほえ》みかけた。完全に破産状態《はさんじょうたい》だとはわかっていたけれど、ザックも微笑み返した。

「ねえ、見て」アリスが、ドアのそばに置いてあったチラシやクーポンのなかから、雑《ざつ》な作りの観光マップを取り上げた。地図には、墓地《ぼち》は載《の》っていないけれど、陶磁器美術館《とうじきびじゅつかん》や、二、三軒《けん》の骨董店《こっとうてん》、図書館が載っていた。「役に立ちそうじゃない?」

「図書館にいけば、詳《くわ》しい地図があるだろうな。使えるよ」ザックはいった。

その観光マップによると、図書館はそんなに遠くない。服も乾《かわ》いてきたし、食事もとったせいか、アリスは元気にさえ見えた。きっと、くよくよ考えるのをやめたんだろう。現時点《げんじてん》で、トラブルのさなかにいるんだから、そうでもしないと明るくふるまえるわけがない。アリスが先頭に立ち、そのあとにザック、ポピーとつづいた。ポピーはものすごく重そうにクイーンを抱《かか》えている。ほんの数ブロック歩いただけで図書館が見えてきた。堂々とした建物の正面は川に面している。建物の上にはドームがあって、全体が赤い石材でおおわれ、窓《まど》は彫刻《ちょうこく》をほどこした白い石材で囲まれている。

なんだか場ちがいな感じのする建物だ。まわりに比《くら》べて立派《りっぱ》すぎる。そして、閉館《へいかん》していた。午後一時には閉《し》まって、次に開くのは月曜の朝だ。

「週末に開いてない図書館って、どういうこと?」ポピーは階段《かいだん》を軽くけりながらいった。

ザックは肩《かた》をすくめた。それから、アリスはどう思っているんだろうと顔をむけた。アリスは地下室の窓の近くにしゃがんで、ガラスをおしている。

「なにやってるんだよ?」ザックがささやいた。

窓がすこしだけ上に開いた。アリスはそのスペースに靴《くつ》をつっこみ、力まかせにさらにおし上げようとしている。とてもかたそうだ。おそらく、窓枠《まどわく》の木材が気温の変化で膨張《ぼうちょう》してしまったせいだろう。それに、もう何年も開けられていないようだ。「なにをしてるように見える?」アリスがいった。

「公的な建物に不法侵入《しんにゅう》しようとしているように見える。逮捕《たいほ》されてもおかしくないだろうな」

「うん」アリスはギーっと音を立てて窓を無理矢理おし上げながら答えた。「そう、その通り」

「なるほどね」ポピーがいった。「それでそのあとは?」

アリスはもぞもぞしながらなかに入っていった。とちゅう、ためらうように内側の窓《まど》の桟《さん》でいったん止まる。なかは暗すぎて、飛びおりたらどうなるのかわからない。

「アリス」ザックが緊張《きんちょう》した声をあげた。

アリスは飛びおりた。ドサッという音と、なにか金属製《きんぞくせい》のものが床《ゆか》に落ちたような音がした。

「アリス！」ポピーが悲鳴をあげた。

「シーッ」アリスが暗闇《くらやみ》の底から声を返した。「わたし、けっこう冒険《ぼうけん》むきかもね」すこし自《じ》慢《まん》げだ。

「びっくりだよ」ザックがいう。「レディ・ジェイのやりそうなことだね」

「うん、じゃあおいでよウィリアム」暗闇からきこえるアリスの声は、いつもとちがって不気味にひびく。アリスと話していながら、アリスが演《えん》じているキャラクターとも話しているようだ。一瞬《いっしゅん》、それがだれのせいなのかわからなかった。同時に、自分がなにになりたいのかもわからなかった。ザックはただ、バカみたいににやにや笑った。

ザックはちらっとポピーを見た。すっかりしょげ返っているようだ。ガラスのむこうに、なにかほしくてたまらないものがあるのに、手がだせずに絶望《ぜつぼう》的な思いで見ているみたいに。アリスと自分は『ゲーム』を演じていた。ポピーは自分が参加したら、ザックが止めてしまうのがわかっているようだ。ザックは悪いとは思ったけれど、その方がよかった。アリスといっしょにウィリアムを演じるのはおもしろいし、昼日中に建物にしのびこむのも楽しい。不気味なこともそんなにこわく感じられない。

「どこにおりたの？」ザックは窓に足をつっこみながら、アリスにたずねた。

「机《つくえ》よ」アリスが答える。「ちょっと待って」

ごそごそいう音と、なにかがひっくり返って床に倒《たお》れたような音がした。それから、明かりがついて部屋のなかを照らした。そこには事務机《じむづくえ》とファイリング・キャビネットがたくさんあった。それぞれの上に、紙が山のように積まれている。書類の保管《ほかん》場所のようだ。

ザックは壁《かべ》をけって、たぶんアリスがおりた机におり立った。まわりには紙がちらばっていて、コードのもつれたデスクライトがひとつ、床に倒れていた。ザックは背《せ》の高いファイリング・キャビネットのそばにおりた。バランスを失って、あやうくそのキャビネットにつっこみそうになった。

「ワオ、いったいなんなんだろう？」部屋を歩きまわりながらいった。デスクライトの横には本がうずたかく積まれているし、街のようすを写したいかにも古そうな白黒写真が、金属《きんぞく》のプレートのついた黒いフレームにおさまって何枚《なんまい》もならんでいる。奥《おく》の壁《かべ》に本棚《ほんだな》がひとつあって、棚《たな》の一列には古そうな焼き物がならんでいた。

いてはいけない場所にいるのはわくわくする。あのヨットもそうだった。これこそが冒険《ぼうけん》だ。

ウィリアムやレディ・ジェイがやりそうな。

「ねえ！　こっちにきて、エレノアを受け取って」ポピーが窓《まど》からクイーンをぶらぶらさせながらいった。

ザックが受け取って、キャビネットの上に置いた。横むきに寝《ね》かせられたクイーンは、ポピーをおろすのを手助けしているザックを非難《ひなん》するように見つめている。冷たい風が急に吹《ふ》きぬけて、部屋のなかの書類をがさがさいわせた。

「ハシゴがないと閉《し》められないね」アリスは窓を指さしていった。「高すぎるもん」

「ずっとここにいるわけじゃないんだし」ポピーはクイーンを抱《だ》き上げてドアにむかって歩いた。

ザックはアリスの腕《うで》をこづいてポピーのあとにつづいた。「ここにはろくなお宝《たから》はないみたいだな、そうだろ、ジェイ？」

「二階にはなにかあるかもね」アリスはにやりと笑ってそういった。ふたりは暗い廊下《ろうか》に足を踏《ふ》みだした。

図書館の地下はあたたかくて、木の床《ゆか》のワックスと紙のにおいがする。ザックは大きく息を吸《す》った。バスに乗って以来、はじめて緊張《きんちょう》がほぐれたような気がした。寒くないし、外にいたときのように風雨にさらされてもいない。それに、ドーナツ屋や食堂のように、やっかいごとに巻《ま》きこんでくるような人もいないし、なにより、ヨットに乗っていたときのように命の危険《きけん》を心配する必要もない。

それに加えて、見るものがたくさんある。三人は地下にある会議室やトイレ、保管室《ほかんしつ》をさらに二部屋、探索《たんさく》して歩いた。ガラスケースにおさまった花びんの展示室《てんじしつ》もあって、その前を走りぬけるとガラスケースがいっせいにカタカタゆれた。

それから階段《かいだん》を駆《か》け上がってメイン・フロアにでた。円天井《まるてんじょう》に鉄の手すり、床は大理石だ。壁《かべ》に掲《かか》げられた説明文によると、この図書館を建てたのはカーネギーという有名な慈善家《じぜんか》だということだ。スコットランドの小さな町の、ものすごく貧乏《びんぼう》な家に生まれ、鉄鋼業《てっこうぎょう》で大金持ちになって、アメリカの東海岸にいくつも図書館を建てたらしい。それ以外にも、さまざまな慈善活動をしている。写真を見る限《かぎ》り、カーネギーさんは短いひげを生やした怒《おこ》りっぽい年寄《としよ》りに見える。

あんまり物語が好きそうなタイプには見えないけれど、図書館をたくさん建てるぐらいなんだから、きっと本好きだったんだろうとザックは思った。

「ねえちょっと」ポピーが二階から声をかけた。一階のレファレンス・デスクを見下ろすバルコニーにいる。「こっちにきて、これを見てよ！」

ザックはにやりと笑って二階に駆《か》け上がった。冒険《ぼうけん》の目的を忘《わす》れていた。人けのない空っぽの建物にいるのはいい気分だ。階段《かいだん》を駆け上がり、バルコニーから身を乗りだして叫《さけ》び声をあげ、壁《かべ》に声をひびかせるのも、気分がいい。三人は二階の回廊《かいろう》を走りぬけ、大きな部屋をいくつも通りすぎた。だれかがいいだしたわけではなかったが、三人はいつのまにか『ゲーム』をはじめていた。といっても、人形を使った例の『ゲーム』ではない。それでも、アリスとザックがすでにゲーム気分になっていたので、新しいキャラクターに移行《いこう》するのはかんたんだった。ポピーとザックが図書館にねぐらを持つモンスターになって、かくれている。そこへ、モンスター・ハンターのアリスが入ってくる。アリスは、ふたりを殺そうと追いかけまわすが、そのうち、ふたりは団結《だんけつ》して逆《ぎゃく》にアリスを追い、アリスをモンスターに変えてしまうとおどす。三人は靴《くつ》を脱《ぬ》いで、靴下のままで床《ゆか》をすべりまわった。書架《しょか》のうしろにかくれたり、悲鳴をあげながらブック・カートを乗りまわしたりした。

その遊びに飽《あ》きると、三人はレファレンス・デスクの裏《うら》にまわって、ひきだしを次々に開けた。ひきだしにはペンや鉛筆《えんぴつ》、USBメモリーや山のような輪ゴム、銀のイヤリングや、表紙をひきちぎられたミステリー小説、パソコンのデリート・キーの形の消しゴムなんかがあった。デスクにすわったザックは、ポピーに見守られて、約束した通り波止場に電話をかけて、ヨットについてのメッセージも伝えた。

アリスは小さなキッチンのついた休憩室《きゅうけいしつ》を見つけた。そこにはコーヒーポットがあって、ティーバッグや砂糖《さとう》の小袋《こぶくろ》もあった。冷蔵庫《れいぞうこ》には、すこししなびかけたリンゴが五個と低脂肪《ていしぼう》のヨーグルト、乾燥《かんそう》したチェダーチーズのかたまりと、ほとんど減《へ》っていないオレオ・クッキーが一パックあった。四脚《きゃく》の折りたたみ椅子《いす》に囲まれたテーブルの上には、発売前の書評《しょひょう》用の見本本がたくさん置いてあった。

「これ、見てよ!」ポピーがそのうちの一冊《さつ》を手に取っていった。何か月か先に発売予定の、三人が待ちわびていた本だった。

「月曜日までは、だれもこないみたいだね」ザックは椅子にすわって大きくのびをし、しめったトレーナーをテーブルの上に放り投げた。「今日はここで寝《ね》よう。ここならあったかいし、しめってないし。最高の場所だよね」

アリスが皮肉っぽく笑った。ザックは天井《てんじょう》を見上げて無邪気《むじゃき》に笑った。

「わたしたち、墓地《ぼち》にいかなきゃいけないんだよ。忘《わす》れちゃったの？」ポピーが立ち上がった。さっきまでの楽しげなようすは、すっかりなりをひそめてしまっている。「のんきにくつろいでる場合じゃないよ」

図書館のなかを走りまわった楽しさは、一瞬《いっしゅん》で終わった。ポピーが書架《しょか》のならんだ部屋にむかって歩きだしたのを見て、アリスは固く口を結んでいる。ふたりの反目がまたはじまった。

ザックはため息をついた。寒い外へでていきたくないのはザックもおなじだ。冒険《ぼうけん》が終わりに近づいているいまとなって、冒険を終わらせるのがもったいないという気持ちも起こっている。墓地まででかけて、結局、魔法《まほう》なんてなかったんだと思い知らされることになるのはいやだった。今晩《こんばん》は書架のそばでぐずぐずしていて、クイーンを埋《う》める心配は明日の朝にあとまわしにする方がかんたんだ。

アリスはポピーを目で追いながら顔をしかめている。

ザックは立ち上がって、せまい休憩室《きゅうけいしつ》のなかを歩きまわった。「ふたりは仲直りしなくちゃ。友だちだろ？　友だちだったじゃないか。話もしないなんておかしいよ。話すときも、おたがい、相手がそこにいないみたいにそっぽをむいたままだなんて」

アリスが首を横にふった。「ザックにはわからないよ。ポピーにはかんたんなことかもしれない。ポピーがなにかを望んだら、わたしもそれを望まなきゃいけない。本心がどうだとしてもね。ポピーはいつだってそんな風なんだから」

「ポピーにとってもかんたんなことじゃないと思うな」

アリスはため息をついた。「もしポピーが友だちにもどりたいと思うんなら、自分からそういうよ。この冒険がだいじなのはわかってる。だけど、この冒険以上にだいじなことはなにもないみたいじゃない」

今度はザックがため息をついて、ポピーを探《さが》しに休憩室をでた。

ポピーは長いテーブルのところにいた。そのテーブルには何枚《なんまい》かの地図や地図帳、ガイドブックなどが広げられている。ポピーは椅子《いす》の上に立って、その全部を見下ろしていた。クイーンはテーブルのはしに横むきに寝《ね》ている。両腕《りょううで》は体の横にのびている。

「見つかった?」ザックがたずねた。

ポピーはびくっとふりむいた。ザックが近づいてきたことに気づいていなかったようだ。

「ここだよ」ポピーはテーブルの上にのぼって、一枚の地図のところまで歩いた。そして、しゃがんで指をさす。「スプリング・グローブ墓地」

「確《たし》かなの?」アリスの声に、今度はザックがびっくりしてふりむいた。アリスがついてきているとは思いもしなかった。

「夢《ゆめ》のなかには、空から見たシーンはでてこなかった。だけど、まちがいないと思う」ポピーがいった。「今晩《こんばん》いかなくちゃ。街灯はあるはずだし、今日は満月だよ。懐中《かいちゅう》電灯がなくても、エレノアの墓《はか》を見つけられると思う。そしたら、それでおしまい。約束する」

アリスがまたたか、というように目玉をくるっと動かした。

「地図をコピーしてくるね」ポピーはいった。

「わかった。準備《じゅんび》ができたら、声をかけて」ザックはそういって、地元の歴史について書かれた本を取り上げた。ポピーが書架《しょか》からひっぱりだしてきた本だ。それから、絵本のコーナーのそばに見つけたソファまで歩いた。

どさっと腰《こし》かけ、地元の伝説の書かれたページをパラパラめくる。エレノア・ケルヒナーの名前も、幽霊《ゆうれい》がとりついた人形の話も書かれていない。ただ、水門にとりついたオランダ人の女の子と、自分で首を吊《つ》った、気味の悪い小さな男の子の話は載《の》っていた。それから、結婚式《けっこんしき》の日に姿《すがた》をくらまして、数週間後にウェディングドレスを着たまま死んでいるところを見つかった女の人の話も。伝説によると、その女の人の真っ白な骸骨《がいこつ》が路上を走りまわって、人々につかみかかったという。読むのに飽《あ》きると、ザックは紙の切れ端《はし》に暗号のようなものを書いて、ページのあいだにしのばせた。

しばらくすると、静かにささやきあう声がきこえてきた。アリスとポピーが仲直りしたのかもしれない。それから、ちょっとだけ目をつぶろうと思った。

結局、墓を掘《ほ》り返しに墓地《ぼち》までいかなくてはならない。しかも、はさみなり棒切《ぼうき》れなり、見つけられた道具だけをたよりに。きっと、大変な作業になるだろう。でも、やらないわけにはいかない。それだけは確《たし》かだ。ならば、すこしだけ休んでおこう。ザックは腕《うで》を枕《まくら》にして、ソファに寝《ね》そべった。


ザックは芝生《しばふ》に寝そべって、大きな屋敷《やしき》を見上げている夢を見た。動かそうとしても足が動かない。なんだか、視野《しや》に違和感《いわかん》がある。はしの方にいくにつれて暗く、それでも、まわりじゅうに磁器《じき》の人形の破片《はへん》がちらばっているのがわかる。

それから、声がきこえた。エレノアの父親の声だ。「エレノアはあの人形にそっくりだ。これた人形にそっくりじゃないか」

目を覚ますと、知らない女の人がおおいかぶさるように立っていた。女の人は叫《さけ》び声をあげそうに見えたが、叫び声をあげたのはザックの方が先だった。

第十四章

その女の人は、まるでザックの叫び声から身を守ろうとするように、細い両腕《りょううで》をさっと上げた。ザックはあわててソファに立ち上がり、背《せ》もたれを飛び越《こ》えた。女の人は、薄《うす》い緑色の入ったメガネのレンズの奥《おく》の目を、フクロウみたいにまばたいた。ザックの母親ぐらいの年齢《ねんれい》で、カールした短い髪《かみ》は、淡《あわ》いピンクに染《そ》められている。

女の人の背後《はいご》の窓《まど》から、日の光がさしこんでいた。日曜日の朝になっている。一晩《ひとばん》じゅう眠《ねむ》ってしまったようだ。

さっと見まわすと、べつのソファにポピーとアリスが横たわっているのが見えた。ふたりは腕を枕《まくら》にして、それぞれソファの両はしに頭をむけていた。ふたりともちょうど目を開けたところだ。ポピーは体を起こした。

「どなたですか?」ザックが女の人にたずねた。

「ここの職員《しょくいん》よ。司書なの。新刊《しんかん》の注文をだすために、毎週末に出勤《しゅっきん》してる。入館者がいない

方がはかどるから。あなたたち三人は、どうしてここにいるの？　ほかにもいる？　地下から音がしたような気がするけど」

「えっと」ザックはまだすこし寝《ね》ぼけている。答えが浮《う》かばない。

「ほかにはいません」アリスが顔をこすりながらいった。「窓《まど》を開けっぱなしにしてきたから、風の音だと思います」

司書は三人をまじまじと見た。「すぐに警《けい》察《さつ》に電話されなくてラッキーだったと思いなさい。年はいくつ？」

ザックの頭がようやくはっきりして、どういう事態《じたい》なのかがわかった。たいへんなことになってしまった。「十二歳《さい》です」ザックが答えた。

司書はアリスとポピーに顔をむけた。「ご両親は、あなたがたがどこにいるか知ってるの？」

アリスは肩《かた》をすくめた。

「とにかく、事務室《じむしつ》までいきましょう。そこから、すぐにご両親に電話をかけるわ。いいわね？ あなたたちが、図書館のなかのものをこわしたりしてないといいんだけど。もし、そんなことをしてるんなら、気が変わって警察に電話することになるから」

「わたしたち、なにもこわしたりしてません」ポピーがいった。「ほんとうかどうか、見てきてください。それが確認《かくにん》できたら、このまま帰らせていただけませんか？ これ以上、ご迷惑《めいわく》はおかけしません」

「どっちにしても、ご両親には電話します」ピンクの髪《かみ》の司書はいった。「それがいやなら警察に」

ザックの体がカーッと熱くなった。走って逃《に》げたらどうだろう。三人とも、ドアまで全力で走れば、つかまることはないだろう。アリスは靴《くつ》をはいていないけど、手に持って走ればいい。あとはクイーンだ。めずらしく、ポピーはクイーンを抱《だ》いていない。昨日の朝目が覚めたときには、クイーンが元の場所にいなかったことを思い出した。ただ、ざっと見まわしたところ、前のようにめちゃくちゃにされたようすはなかった。ソファは切り裂《さ》かれていない。なかの詰《つ》め物がちらばっているようなことはない。それに、休憩室《きゅうけいしつ》にあった食べ物がばらまかれているようなこともない。

そうこうするうちに、チャンスを逃《のが》してしまった。司書は三人にソファから立ち上がるように合図している。アリスとポピーは自分の方を見ていないので、もし、ひとりだけ走りだしても、ふたりがついてくるかどうかわからない。

「まずは休憩室にいきましょう。お茶をいれてあげる」ピンクの髪《かみ》の司書はいった。「三人とも、顔を洗《あら》った方がよさそうよ」

休憩室にむかってとぼとぼ歩く三人は、よほど汚《きたな》らしく見えるにちがいない。三人とも丸一日と二度の夜を、ずっとおなじ服を着たままだったのだから。アリスのパーカのフードについたネコ耳は変な角度によれているし、ポピーの頬《ほお》にはインクのしみがついていた。使っていたペンからインクがもれたのかもしれない。もしかしたら、ホームレスの子どもだと思われたのかもしれないと、ザックは思った。もし、そうだといったら、このままいかせてくれるだろうか?

書架《しょか》のならんだ広い図書室を半分ほど歩いたところで、ポピーが立ち止まった。

「ちょっと待って。クイーンはどこ?」パニックになった甲高《かんだか》い声だ。

「知らないの？」ザックがたずねた。それから、すばやくあたりを見まわす。まるで、空気のなかから、形になってあらわれるかもしれないと期待するかのように。

司書は説明を求めるように、不審《ふしん》げに眉《まゆ》を上げた。

「クイーンっていうのは人形なんです。とても古い人形で、ポピーはなくしてしまったみたいで」ザックがいった。

「最後に抱《だ》いてたのはどこ？」アリスがポピーにきく。

「あのソファにいったときも持ってた。それはまちがいない。眠《ねむ》っちゃったときもすぐ横にいた」

「その前には、地図を広げたテーブルの上だったね」ザックが口をはさんだ。「そこに忘《わす》れて……」

「わたし見た」アリスがさえぎった。「眠るときに。きっと、だれかさんが起きて動かしたんでしょ」

ポピーがソファのところにもどろうとしたら、司書がポピーの腕《うで》をつかんだ。

「三人ともききなさい」きびしい口調でいう。「あなたたちは休憩室にいくの。なくなった人形のことは、ご両親に連絡《れんらく》したあとでいい。図書館は閉《し》まってるんだから、館内にあるなら人形はすぐに見つかるわ。どこにもいったりするわけないんだから。さあ、いきましょ」

ザックはあの人形が、ほんとうにどこかにいったりしなければいいんだけれどと思った。

休憩室《きゅうけいしつ》に着くと、三人はテーブルのまわりの折りたたみ椅子《いす》にすわった。司書は電気ケトルの電源《でんげん》を入れた。それからキャビネットのなかをごそごそ探《さが》しまわってクッキーのパッケージを見つけ、開けて三人の前に置いた。

「わたしはキャサリン・ラウス。ミス・キャサリンって呼《よ》んで。キャシーはやめてね。キャサリンよ」

「ポピーです。ポピー・ベル。こちらはアリス・マグネイとザック・バーロウ」

「三人とも素敵《すてき》な名前ね」ミス・キャサリンは戸棚《とだな》からマグカップを取りだしながらいった。

お湯はすぐに沸《わ》き、ティーバッグをマグカップひとつひとつに入れてお湯をそそぐ。カップからは湯気と、お茶のほっとする香《かお》りが立ちのぼった。

「ミルクはないけど、砂糖《さとう》は使ってね。さて、わたしは館長に電話して、この状況《じょうきょう》を伝えてこなくちゃならない。このドアのカギはかけていくけど、すぐにもどるから。トイレにいきたくなったりするかもしれないけど、もどってきたらすぐにいかせてあげる。約束する」

ミス・キャサリンは三人を残してでていった。ドアがロックされるカチッという音がした。

カギをかけるというのは冗談《じょうだん》ではなかった。

ザックには休憩室からぬけだす方法なんか思い浮《う》かばなかった。クイーンを見つけだす方法も思い浮かばない。思い浮かぶことといったら、冒険《ぼうけん》を永遠《えいえん》に完結できないまま、みじめな思いで家に帰ることぐらいだ。でも、すぐ目の前までやってきたここで冒険を中断《ちゅうだん》しなければならないと思うと、ザックはくやしくてたまらない。どうして、昨日の夜のうちに墓地《ぼち》にいかなかったんだろうと、自分に腹《はら》が立つ。もし、ちょっとしたなまけ心さえ起こらなければ、いまごろ、冒険は終わっていたのに。

ポピーはマグカップをのぞきこんでいる。それから、急に手の甲《こう》で涙《なみだ》をぬぐいはじめた。「ごめんね」ポピーはいう。

アリスはため息をついた。「ポピーのせいじゃない。ここにおし入ったのはわたしなんだから」

「そして、眠《ねむ》っちゃったのはぼくだ」ザックがいう。「ポピーはいつだって、冒険をつづけようとしてた。こうなったのは、ポピーのせいじゃなくて……」

ポピーがザックのことばをさえぎった。「そうじゃないの。わたしは、わたしたちにならきっとやりとげられると思ってた。そして、やりとげたら、ほかのだれにもない、わたしたちだけが共有するすばらしい経験《けいけん》を手にできるんだって思ってた。わたしはね、ふたりが変わってきたことに気づいてたんだ」そういって、ザックの方を見た。「ザックはバスケのチームメートとたむろして、チアリーダーとデートして、物語を作ってたことなんか思い出しもしない人になっていくの。それから、アリスは……」今度はアリスをふり返る。「男の子のことと、学校のお芝居《しばい》のオーディションのことばっかり考えて、だいじなことを忘《わす》れてしまいそうだった。ふたりとも、なにもかも忘れてしまいそうに見えたの。自分がだれなのかさえもね。だから、今回のことで、思い出してもらえるかもしれないって思ったんだ。でも、ごめんね。こんなのバカげたことだった。わたしがバカだったの」

「それはちがう」アリスがいった。

「そうだよ、ぼくは忘れてなんかいない」ザックがいった。ポピーは、父親とおなじことをいっているみたいだと思った。まったく逆《ぎゃく》の意味でだったけれど。ザックは忘れたくなかった。成長するのは避《さ》けられないことで、望もうと望むまいと起こることなんだと、だれもが話すのをやめさせたかった。

アリスが目玉をくるっと動かした。「ポピーのきらいなものを好きだからって、わたしたち、ゾンビなわけじゃないよ」

「うん、それはわかってる」ポピーは早口になって、声もだんだん大きくなっていた。全部を吐《は》きだしてしまう前にじゃまされるのをおそれているみたいに。「ずるいと思ったんだ。わたしたちには『ゲーム』があったのに。そして、わたしたちの『ゲーム』はとても大切なものだった。だから、ふたりがわたしの物語の一部を持ったままはなれていって、もうかえりみもしないのがいやだった。ふたりとも、わたしにはできないのに、まわりから求められることを楽々こなしているのもいやだった。わたしだけ置き去りにされるのがいやだったのよ。だれもかれも、それを成長だっていうけど、そんなの死ぬこととおなじじゃない。ふたりは、それぞれ自分のことに夢中《むちゅう》で、わたしのことなんかどうでもよくなってるみたいに見えたの」

アリスとザックは、長いあいだだまったままだった。

ふたりが口を開く前にドアが開いて、ミス・キャサリンが入ってきた。メガネはチェーンで胸元《むなもと》にぶらさがっている。すこし、不安そうに見えた。

「さてさて」ミス・キャサリンが話しはじめる。「館長は、こう伝えてほしいって。もし、家庭でなにか問題があるのなら、あなたがたの両親の代わりに、公的機関にわたしたちから連絡《れんらく》してもいいって」

長い沈黙《ちんもく》がつづいた。

「みんなだまってるところを見ると、最初のプランの方がいいってことみたいね」ミス・キャサリンはひとりうなずいている。ピンクの髪《かみ》がゆれた。「それじゃあ、だれが最初におうちに電話する?」

アリスが椅子《いす》をおして立ち上がった。「わたしが。おばあちゃんが心配してると思うから」

「それでいいの?」ポピーがいった。「なんなら、わたしが先にするよ」

アリスはポピーをにらみつけた。「いいの。同情《どうじょう》はよして」

アリスとミス・キャサリンがいなくなると、ザックはお茶を飲んで、クッキーを五枚《まい》食べた。どちらの味もさっぱりわからなかったけれど。ザックはただ、黙々《もくもく》とかんでのみこんだ。

「わたしのこと、怒《おこ》ってる?」ポピーがきいた。

「いいや」ザックはいった。それから、すこし考えてつけたした。「たぶん」

「アリスはどれぐらいひどい目にあうと思う?」

「ものすごく」ザックはそういって、頭を抱《かか》えこんだ。

ポピーも机《つくえ》につっぷして、ザックとおなじような姿勢《しせい》になった。ずっと長いあいだつきあってきたので、仕草まで似《に》てしまうんだろうかとザックは思った。何年も前に、出会ったときのことを思い出す。

ザックはポピーが話した、大人になることと、自分らしさを失うということについて考えた。

それから、もし、アリスがひどい目にあって、二度と会えなくなったらどんなにつらいだろうと考えた。

それに、アリスとポピーがこのまま仲直りしなかったら、と考えるとおそろしくてたまらない。

ザックは電話にでた両親がなにをいうだろうかと思った。それに対して、どんな返事ができるだろう。

それから、『ゲーム』の物語について考えた。これまで作ってきたもの全部と、未完成に終わったもののも。

ドアが開いてアリスがもどってきたときにも、ザックはまだそれらのことを考えていた。アリスは靴《くつ》をはいていた。とてもけわしい顔をしている。

「さあ、ポピー」ミス・キャサリンがいった。「あなたの番よ」

ポピーは立ち上がると、一度だけザックの方をちらりと見てでていった。

「どうだった?」長い時間をおいて、ザックはアリスにたずねた。アリスは、ぼんやりしたまま、電気ケトルのスイッチを入れたり切ったりしてもてあそんでいる。

「ああ、うん」アリスはいった。「なんか変だった。リンダおばさんが家にいたんだ。おばあちゃんが呼《よ》んだのね。おばあちゃんは、昨日の夜、わたしがもどらないから探《さが》しにでようと思ったらしいんだけど、暗くなると目がよく見えないんだ。すごく怒《おこ》ってたけど、いつもとちがう感じがした。なんていうか、おばあちゃんも、自分がもう年寄《としよ》りなんだって、はじめて気づいたみたいな」

「これからずっと、外出禁止《きんし》になると思う？」

「うん、そうだね。永遠《えいえん》と一日。これからは、おばあちゃんがリンダおばさんにいままで以上に助けてもらうようになったとしてもね」

アリスと二度と会えなくなるなんていやだった。おじけづいていえなくなる前に、ザックは思い切っていった。「もし、ぼくが映画《えいが》やなんかに誘《さそ》ったら……」

アリスはカウンターにもたれてザックをちらっと見た。唇《くちびる》のはしがちょっとだけ上がっている。「わたしをデートに誘ってくれるの？」

「うん」ザックはジーンズで両手をぬぐった。手のひらに汗《あせ》をかいている。「うん、そしたら、きみは……」

「もちろんオーケーだよ」アリスはザックを見ずにすばやく答えた。アリスも自分とおなじくらいびくびくしているのかもしれないと思った。きいてみてよかったし、オーケーといってもらえてうれしかった。でも、アリスが外出禁止になるのもありがたいと思った。おかげで、デートはすこし先になるだろうから。

ドアが開いた。ふたりはびくんとした。ポピーがもどってきて、椅子《いす》にどさりとすわった。さっきもどってきたときのアリスより、さらにとまどっているみたいだ。

「だいじょうぶ?」ザックがきいた。

「車に乗せてほしいの」ポピーは、また両手で頭を抱《かか》えこんで、ぼそっといった。

「どういうこと?」アリスがたずねる。

「父さんはつかまらなかった。母さんは遅《おそ》くまで仕事なんだ。母さんはふたりのどっちかの車に乗せてもらえって」

ミス・キャサリンは、自分のカップにお湯をいっぱいまで注いだ。「ザック、あなたの番よ」

ザックは立ち上がって、ドアにむかって歩いた。部屋をでるとき、ポピーの方を見た。アリスがポピーの椅子のうしろに立って、肩《かた》に手を置いていた。その瞬間《しゅんかん》、この冒険《ぼうけん》が完結するまで、ふたりを家に帰らせたくないと思っていることに気づいた。ポピーが思い描《えが》いた通りに、冒険を終わらせたい。三人いっしょに。

ザックはミス・キャサリンがドアのカギをかけるのを見ていた。それから、三階にある事務《じむ》室《しつ》までついていった。そこには小さな机《つくえ》があって、そこにも書評《しょひょう》用の見本や書類が山のように積まれていた。ペンもちらばっている。机の前には折りたたみ椅子《いす》が、むこう側にはキャスターのついた布張《ぬのば》りの椅子が置いてあった。

「すわって」ミス・キャサリンは布張りの椅子にすわりながらいった。それから、電話器を持ち上げて、ザックに手わたした。「あなたがかけてちょうだい。でも、ご両親にはわたしが話す。あなたがどこにいるのかお伝えしたら、受話器をわたすわ。そのあと、わたしは部屋からでるから。いてほしいならべつだけど。それでいい？」

ザックはうなずいた。

両親が怒《おこ》ろうがとまどおうが、関係ないと改めて思った。父親がしたことはいまでも許《ゆる》せないし、母親だって無関心に見えた。この思いを盾《たて》にすれば、ふたりがなにをいおうと平気だ。ぜんぜん気にならない。

ザックはジーンズで手のひらをぬぐって、ほんとうにそうならいいのにと思った。家の番号をおすと、電話をミス・キャサリンにわたした。

ミス・キャサリンは受話器を取って、イースト・リバプールのカーネギー図書館のソファでザックを見つけたときのようすを説明した。はい、そうです。イースト・リバプール。オハイオ州の。ええ、ザックは元気です。友だちふたりといっしょで、そのふたりも元気です。ミス・キャサリンは、図書館の住所とかんたんな経路《けいろ》を伝えた。

それから、いったん保留《ほりゅう》にしてザックに受話器を手わたした。

ザックは受話器を受け取り、ゆっくり耳におし当てた。ミス・キャサリンは部屋からでて、静かにドアを閉《し》めた。「母さん？」ザックはいった。

「おれだ」父親だった。「無事なのか？」

心臓《しんぞう》が高鳴る。「うん、ミス・キャサリンのいった通り、元気だよ」

「おまえに、家出したくなるような思いをさせるつもりなんてなかったんだ」父親は静かにそういった。ザックは、もし父親が電話にでたら、さんざん怒鳴《どな》りちらして、一方的に電話を切ってしまうだろうと思っていた。でも、怒っているようにはきこえない。なぜなのかザックにはよくわからなかったし、それ以上に、父親はおびえているような気がした。

「べつに家出したわけじゃないよ」ザックはいった。「これは冒険《ぼうけん》なんだ。この冒険が終わったら帰るつもりだった」そう声にだしてみて、それはほんとうの気持ちだと思った。家にはちゃんと帰る。ほんのちょっと、時間がほしかっただけだ。

電話のむこうでは長い沈黙《ちんもく》があった。なんと返事をしていいのか困《こま》っているのかもしれない。

「そうか、冒険《ぼうけん》なんだな」とうとう、さぐりを入れるようにいった。「で、それは終わったのか？」

「まだなんだ」ザックはいった。「終わったと思ったんだけど、まだだった」

「これから車で迎《むか》えにいく。そこまで一時間半から二時間ぐらいかかると思う。それまでに、終わらせられそうか？」

「わからないな」

「母さんはすごく心配してる。母さんと話すか？」

ザックは母親に、元気だし、なにも問題はないと伝えたかったが、ここで話したら、なおさら取り乱《みだ》させてしまうような気がした。「いや」すこし間をおいて答える。「あとで会えるから」

父親は深いため息をついた。「おれはおまえのことをよくわかってなかったよ」

「わからなくていいんだ」ザックは早く会話を終わらせたかった。そうじゃないと、どちらかがなにかおそろしいことをいってしまいそうだ。

「おれはわかりたいんだ」

ザックはふんと鼻を鳴らした。

しばらくおたがいだまりこんだ。「おれは不器用な男でな、こんなことは得意じゃないし、母さんからはろくに口のきき方も知らないといわれる。だが、これだけは伝えたいんだ。おれがおまえのおもちゃを捨《す》ててしまってから、ずっと考えていた。あれはほんとうにひどいことだった。おれはひどい大人に育っちまったが、おまえにはそうなってほしくない」

ザックはだまったままだ。父親がこんな風に話すのをきくのははじめてだ。

「おまえがあのおもちゃで遊んでいるところを見たとき、学校でいじめられてるようすが目に浮《う》かんだ。おまえはもっと強くならなきゃいけないと思ったんだ。だけど、こう考えるようになったよ。だれかが自分で乗り越《こ》える前に、そのだれかを傷《きず》つけるようなことまでして守るのは、正しくないってな。だれだって、そんな風には守られたくないものさ」

「うん」ザックはいった。それだけいうのがせいいっぱいだった。父親がこんなことを考えていたなんて思ってもみなかった。怒《いか》りの感情《かんじょう》が、すべてどこかにいってしまった。残っているのは、あの紙みたいに薄《うす》い磁器《じき》のカップのようにこわれやすい気持ちだけだ。

「すぐに迎えにいくから」父親はいった。「冒険、うまくいくといいな」冒険ということばは、いかにもいい慣《な》れていないようだった。

「じゃあね、父さん」ザックはそういって、受話器を置いた。

ザックははげしく息をつきながら、長いあいだすわっていた。ザックのなかで、なにかが大きく動いた。その地殻《ちかく》変動のような変化を受け入れられるまで、長い時間がかかった。ようやくザックは立ち上がり、部屋をでた。

第十五章

ミス・キャサリンは本を何冊《なんさつ》か、近くの棚《たな》に配架《はいか》しようとしていた。ザックが事務室《じむしつ》からでてくると、それらの本をカートにもどす。ピンクの髪《かみ》は、プラスチックの馬のたてがみとおなじくらい明るい色だ。

「話はうまくついた？」ミス・キャサリンがたずねる。

「迎《むか》えにきます」ザックは答えた。父親の話したことばへの違和感《いわかん》を忘《わす》れたかった。「ポピーの人形は、見つかりましたか？」

ミス・キャサリンは首を横にふった。「あなたたちが地図を広げっぱなしにしていたテーブルにいってみたけど、なにもなかった。自分でも探《さが》してみたい？」

ザックはうなずいて、ソファのところまでミス・キャサリンのあとについていった。ミス・キャサリンの靴《くつ》にはじめて目がいった。明るい黄色でリボンがついている。これまで、ミス・キャサリンみたいな司書にあったことがない。それどころか、こんなタイプの大人ははじめて見た。

ザックはポピーとアリスが寝《ね》ていたソファの下をのぞいた。それから、自分が寝ていたソファの下も。前回目が覚めたときには、クイーンは自分の頭のすぐそばにいたんだから。寝ているあいだ、自分の真下にクイーンが横たわっていたのだとしたらと考えて、ぶるっと身震《みぶる》いしながらしゃがんだ。クイーンはその小さな磁器《じき》の手をのばし、クッションをすりぬけて、自分をひきずりこむんだ。でも、ソファの下にクイーンはいなかった。

テーブルの下にもいない。どの椅子《いす》の上にもいないし、じゅうたんの上にもいない。クイーンはどこにもいなかった。

それに、クイーンが近くにいるような気がしない。どこか部屋のすみから、あの眠《ねむ》たげな目に見つめられている感じはまったくない。ポピーの家のリビングルームのガラスケースにいたときには、いつもそんな感じがしていたのに。

ザックが探《さが》しているあいだ、ミス・キャサリンは、ポピーがテーブルの上に広げっぱなしにしていた本や地図を片《かた》づけはじめた。

「あなたたちは、いったいなにを探そうとしてたの？」ザックにむかって顔をしかめながらきいてきた。ミス・キャサリンはクイーンの物語など鼻にもかけないだろう。そもそも、人形があったことさえ、信じているのかどうかあやしいものだ。もし、信じていないなら、ぼくがなにを探してると思ってるんだろう?

ザックは肩《かた》をすくめた。「なにも」

「どうやら、このあたりの墓地《ぼち》について調べてたみたいね」ミス・キャサリンがおだやかな声でいった。「スプリング・グローブ墓地かしら? なにか書きこみのあるコピーが何枚《なんまい》かあったんだけど。スプリング・グローブ墓地に、なにがあるっていうの? 教えてちょうだい、ザック。笑ったりしないって約束するから」

「こんな話をきいたことありませんか? 幽霊《ゆうれい》がでてくる話なんです。屋根から飛びおりた、女の子の話です」ザックはテーブルの脚《あし》に自分のスニーカーをおしつけて、ためらいながら話した。ミス・キャサリンのことを信じたかったけれど、信じすぎてはいけないのもわかっている。なにもかも話してしまったら、きっとなにも信じてくれなくなるだろうから。「ちょっとミステリアスな背景《はいけい》がある話なんです。もしかしたら、その女の子の名前は、エレノア・ケルヒナーっていうのかもしれないんですけど」

ミス・キャサリンは首を横にふった。「ケルヒナーときいて思い浮《う》かぶのは、この土地ですごく有名な陶工《とうこう》ぐらいね。謎《なぞ》めいた名人なの。下の階には美術館《びじゅつかん》から借りてきた品の展示室《てんじしつ》もあるわ。ケルヒナーにはとても気味の悪い話が伝わってるんだけど、エレノア・ケルヒナーっていう名前に心当たりはないわね」

気味の悪い伝説のある陶工《とうこう》がいたなんて、あまりにもリアルだ。

「下の階？」ザックはそういって、もう二、三歩進んだところで、ミス・キャサリンが咳《せき》ばらいをして止めた。

「それはやめてちょうだい」ミス・キャサリンはいう。「人形を探《さが》させてあげたんだから、もう十分でしょ。さあ、いきましょ」

ザックは地下で見た繊細《せんさい》な花びんがならぶ壁《かべ》を思い出した。その前は走って通りすぎたので、ちゃんと見ていない。自分がなにを見逃《みのが》してしまったのか、知りたくてたまらない。あそこにいかなくちゃ。どうしても。新たな希望に、ザックの心臓《しんぞう》が高鳴りはじめた。あそこになんらかの秘密《ひみつ》があるかもしれない。冒険《ぼうけん》を終わらせるために役立つような秘密ではないかもしれないけれど、エレノアの話がほんとうにあったことを証明《しょうめい》する秘密かもしれない。これが、本物の幽霊《ゆうれい》のための本物の冒険だと証明してくれるかもしれないんだ。

ザックは、ミス・キャサリンのあとについて休憩室《きゅうけいしつ》にもどるあいだ、ずっといまの話について考えていた。ミス・キャサリンはカギ穴《あな》にさしっぱなしになっていたカギをまわしてドアを開けた。休憩室のなかでは、ポピーとアリスがそれぞれ、テーブルの両はじにすわっていた。ふたりとも、そっくりといってもいいぐらいの心配顔だ。

「館長に電話してくるね」ミス・キャサリンは無理をして明るい笑顔を見せながらいった。「館長にはすべてうまく解決《かいけつ》したと伝えます。そのあと、なにかお昼ご飯を用意するわね。そろそろお昼になるから」

「ありがとうございます」アリスが静かにいった。

「ありがとうございます」ポピーとザックも同時にいった。

ザックは、ミス・キャサリンがでていき、カギがカチッとかかる音がするのを待った。それから、テーブルの上に両手のひらを置いた。これから演説《えんぜつ》でもはじめるようだ。

「ねえ、いいかな」ザックはポピーとアリスの顔を交互《こうご》に見ていった。「計画を立てなきゃいけない。ミス・キャサリンがもどる前に、この部屋からぬけだす計画だよ」

アリスが立ち上がった。すこしとまどっているようだけれど、わくわくしているみたいだ。「どうやって?」

「むだだよ」ポピーはすわったままいった。「クイーンがいなくなっちゃったんだよ。この部屋をぬけだしたって、なにをどうしたらいいのかわからない。クイーンなしに冒険をやりとげるのは無理だよ」

「見つければいいさ。ぼくたちが寝《ね》ていたあたりを探《さが》してみたけど、見当たらなかった。でも、だいじょうぶ、きっと見つかるよ。クイーンをどこにも持っていってないのはまちがいないんだね？」

ポピーは力なくうなずいた。なにもかもいやだったとぶちまけてしまったせいで、ポピーの一部もどこかにいってしまって、こんなに気がぬけてしまったんだろうと思った。さもなければ、クイーンをなくしてしまったせいで。どちらにせよ、こんなにしおれたポピーは見たことがない。「どこにも持っていってない。ソファにすわったときには、ちゃんとそばにいたよ。とてもこわれやすいし、寝返《ねがえ》りでも打ってつぶしてしまったら大変って思ったから、床《ゆか》に下ろして、片手《かたて》でずっとさわってるようにしてたんだ。だれかが動かそうとしたら、絶対《ぜったい》気づいてた」

「気持ち悪いよ」アリスがいった。「ポピーとクイーンはどうしちゃったの？　ポピーはいつだってクイーンを抱《だ》いたりさわったりしてた。人間の骨《ほね》からできた人形だってこと、すこしもこわいと思わないの？」

ポピーはちらっとアリスに目をやった。

「べつに悪気はないんだよ」アリスがつづける。「ポピーが気味悪いっていうつもりじゃないの。だけど、クイーンはポピーを利用してるんじゃないの？　思い通りに動かそうとしてるとか」

「へえ、ついにアリスも幽霊《ゆうれい》がいるかもしれないって信じはじめたんだ」ポピーは皮肉っぽく笑った。

「クイーンなら見つかるさ」ふたりがまたけんかをはじめそうだったので、ザックは口をはさんだ。「この部屋からでられたら、すぐにでもね。ちょっとだけ待ってて。名案が浮《う》かぶと思うから」ザックは壁《かべ》にもたれて腕《うで》を組み、集中しようとした。ミス・キャサリンにトイレにいきたいというのはどうだろう。三人いっぺんに。そして、窓《まど》からぬけだす。問題は、三人同時にトイレにいかせてはくれないだろうということだ。それに、地下室の窓は、壁のすごく高いところについていた。なかに入るときには飛びおりなければいけなかったんだから。それにもうひとつ問題が。女子トイレに窓があるのかどうかがわからない。

アリスが天井《てんじょう》を見つめている。それから、折りたたみ椅子《いす》に乗って、さらにテーブルの上に乗る。

「なにしてるの？」ポピーがたずねた。

アリスはつま先で立って、天井板の一枚《まい》をおした。天井板は上に開いて、天井裏《うら》の鉄骨《てっこつ》が見えた。その先には暗闇《くらやみ》が広がっている。歯がぬけたみたいにぽっかり黒い。

「ちょっと考えたんだけど」アリスがいった。「ここの天井《てんじょう》、すごく低いでしょ。それにドアも見て。ほかの部屋のドアとちがってる。ドアノブがピカピカなの」

「それで？」ザックはアリスに近づき、よくわからないというように顔をしかめて見上げた。

「この建物は、どこもかしこもすごく古いんだけど、この部屋だけは新しい。ここだけ、つい最近改築《かいちく》されたんだと思う。この低い天井の上には、古い、高い天井がかくれてるはず。新しい天井の上には通風孔《つうふうこう》かなにか、はっていける隙間《すきま》があると思うんだ」

「天井に上がるつもり？」ザックがたずねた。

「テーブルをおさえててくれれば。幼稚園《ようちえん》にあったジャングルジムをのぼるようなものだよ」

ザックは感心してアリスを見つめた。「うまくいくと思う？」

アリスはザックを見返した。「映画《えいが》ならうまくいってる」アリスはジャンプして鉄骨《てっこつ》につかまり、体をひき上げて暗闇へと入っていった。まるで体操《たいそう》選手だ。

「廊下《ろうか》側にでられたとしても、ドアにはカギがかかってるんだよ」ポピーがいった。

ザックはにやにや笑った。「だいじょうぶ。ミス・キャサリンはカギをさしっぱなしにしてるんだ。廊下側にでられたら、ドアを開けるのはかんたんだよ。ぼくたちは外にでられる」

「うーん」上からくぐもったアリスの声がした。「通風孔が見つからないの」

「はじめっからないのかもしれないよ」ポピーがいった。「もう、おりてきて」

金属《きんぞく》をたたく音がきこえてきた。それから、短く「キャッ」という声がして、さらに金属をたたく音がする。ザックはミス・キャサリンの事務室《じむしつ》が防音《ぼうおん》仕様ならいいんだけどと願った。それから、その音は止まって、床《ゆか》に体が落ちたような重い音がした。

ポピーがザックを見た。目は興奮《こうふん》で輝《かがや》いている。ザックは微笑《ほほえ》み返した。

ドアが開き、荒《あら》く息をしているアリスが立っていた。「さあいこう。いそいで」

「うん」ザックがいう。「計画はこうだ。まず、手分けしてクイーンを探《さが》そう。ぼくは地下を探す。ポピーは自分が歩いたところを追ってみて。アリスはこの階の書架《しょか》のあいだを探して。集合場所は、道路に面した側の出口だよ」

「もし、見つからなかったら？」アリスがきいた。

「絶対《ぜったい》に見つける」ポピーがいった。

「手分けするってことは、だれかが見つけたかどうかはわからないってことなんだ。だから、自分の持ち場をできるだけちゃんと探して、集合場所で落ち合おう」ミス・キャサリンはすぐにでももどってくるかもしれない。もしかしたら、昼ご飯を買いにでたかもしれないけれど、時間はあまりないはずだ。とにかくいそがなくてはならない。「じゃあ、十分後に」

ポピーはうなずくと、ソファがあった場所を目ざした。アリスは敬礼《けいれい》すると書架《しょか》の方へ歩いていった。

ザックは階段《かいだん》を下りて地下にむかった。地下でクイーンを探《さが》す、といったことにすこしばかり罪悪感《ざいあくかん》があった。探しながら、ほかにもしたいことがあって選んだからだ。ザックは陶工《とうこう》のケルヒナーについての情報《じょうほう》を集めたかった。エレノアに関係のある人なのかどうか、どうしても知りたかった。

地下はとても静かだった。きこえるのは、昨日の晩《ばん》、開けっ放しにした窓《まど》から吹《ふ》きこむ風の音だけだ。廊下《ろうか》は暗い。どうして、花びんの展示《てんじ》を通りすぎてしまったのかがわかった。展示ケースのライトがついていなかったからだ。ザックは壁《かべ》を手さぐりしてスイッチを見つけて電気をつけた。

とつぜん、展示ケースが明るく命を吹き返した。なかに飾《かざ》られている焼き物は、部分によっては透明《とうめい》に見えるぐらい薄《うす》く、形も見たことがないぐらい複雑《ふくざつ》で美しい。小さな完璧《かんぺき》な形の花《はな》冠《かんむり》で飾られたティーポットがある。古い教会のステンドグラスに見られるような四つ葉模様《もよう》の透《す》かし細工でかたどられたエッグスタンドもある。その透かし細工は金色に輝《かがや》いている。繊《せん》細《さい》で優美《ゆうび》な取っ手のついた花びんもある。花びんの胴体《どうたい》には細かな桜《さくら》の花が描《えが》かれている。どの作品も内側から光を放っているようで、薄くて白く、ボーンチャイナ製《せい》なのはまちがいなさそうだ。

それらは、ザックが見たエレノアの夢《ゆめ》の一部のようだった。ただ、これほどに完璧なものだとは思っていなかったけれど。

そして、展示物《てんじぶつ》の中央に、川のそばに立つ、いかめしい男の人の白黒写真といっしょに、説明文のプレートが貼《は》ってあった。ザックはそれを読んだ。

世紀の変わり目に、ウィルキンソン‐クラーク工芸社は、ここイースト・リバプールにおいて、アメリカ製の陶磁器《とうじき》生産を成功に導《みちび》いた。しかし、ヨーロッパの製品《せいひん》にはまだまだおよばないと考え、愛国心と野望を糧《かて》に、世界の名だたる会社に肩《かた》をならべるにとどまらず、よりぬきんでた新しい、優美な陶磁器作りを目ざした。本物の芸《げい》術品《じゅつひん》を望んだのだ。

『オーキッド・ウェア』は、ふたりの職人《しょくにん》の手によって生みだされた。フィリップ・ダウリングとルーカス・ケルヒナーだ。ダウリングは粘土《ねんど》の化学的性質《せいしつ》を熟知《じゅくち》した陶工だ。熟練工《じゅくれんこう》で、ウィルキンソン‐クラーク社に、非常《ひじょう》に薄《うす》くて、なおかつ商業的生産を可能《かのう》にする構造《こうぞう》的強度を持った磁器《じき》をもたらした。非常に硬質《こうしつ》な磁器の秘訣《ひけつ》は、超《ちょう》高温で脱《だつ》ゼラチン化し、石灰《せっかい》化した牛の骨《ほね》を高い割合《わりあい》で粘土《ねんど》に混《ま》ぜこんだところにある。

　ケルヒナーは芸術家《げいじゅつか》だ。いっしょに仕事をするのがむずかしい男だと噂《うわさ》され、しばしば、弟子たちをしかり飛ばしたり、技術《ぎじゅつ》を盗《ぬす》んだと糾弾《きゅうだん》する姿《すがた》が目撃《もくげき》されていた。しかし、疑《うたが》いのない天才で、粘土から美を生みだす能力《のうりょく》に恵《めぐ》まれていた。確《たし》かな腕《うで》と、奔放《ほんぽう》な想像力《そうぞうりょく》を持ち、子ども時代に目にしたドイツやイギリスのみならず、アールヌーボーやムーア式、ペルシャ風やインド風などさまざまな文化の陶磁器《とうじき》からの影響《えいきょう》を受けたことが、『オーキッド・ウェア』の作品をイースト・リバプールがかつて生みだしたことのない、ユニークで優美《ゆうび》な磁器におし上げる原動力になった。やがてケルヒナーはとりつかれたように、昼夜を分かたず仕事に取り組むようになり、すこしでも納得《なっとく》のいかない製品《せいひん》の販売《はんばい》を拒否《きょひ》するようになった。

『オーキッド・ウェア』はただちに成功をおさめた。シカゴ万博で注目を集め、さまざまな賞を受け、世界の陶磁器業界に衝撃《しょうげき》を与《あた》えた。当時の目の高い女性《じょせい》たちはこぞって買い求めた。そのなかには大統領夫人《だいとうりょう》の名もあった。しかし、おしよせる注文にもかかわらず、『オーキッド・ウェア』は利益《りえき》を生みだす製品ではないことが明らかになった。一点一点の製作《せいさく》には時間がかかりすぎ、より堅固《けんご》な製品を焼くために作られた窯《かま》のなかで破損《はそん》してしまう確率《かくりつ》も高い。運搬《うんぱん》中にこわれるものも多かった。一点の完成品の裏《うら》には、十五点もがとちゅうで破損したり、販売するレベルに達しないとして破棄《はき》されたりした。『オーキッド・ウェア』が会社経営《けいえい》の負担《ふたん》になったにもかかわらず、ウィルキンソン‐クラーク社は、損失《そんしつ》がでてもプライドをかけて生産をつづけた。

しかし、そこへ悲劇《ひげき》が起こった。一八九五年の早秋、ルーカス・ケルヒナーの娘《むすめ》が行方不明になったのだ。ところが、ルーカスへの同情《どうじょう》は、あっというまに恐怖《きょうふ》にとってかわられた。工場内のルーカスの事務室《じむしつ》にあったルーカスの革製《かわせい》のエプロンから、娘の血と髪《かみ》が発見されたのだ。娘を殺したルーカスは、牛の骨を石灰化する方法で娘の遺体《いたい》を始末したと推定《すいてい》された。この推測《すいそく》は亡《な》くなったルーカスの妻《つま》の姉の証言《しょうげん》によって裏付《うらづ》けされた。ルーカスの娘の世話をしていたこの伯母《おば》は、帰宅《きたく》したルーカス・ケルヒナーが錯乱状態《さくらんじょうたい》だったこと、自分はビクトリア様式の屋敷《やしき》の一室にルーカスによって閉《と》じこめられたことを語った。なんとか部屋をぬけだしたときには、ルーカスも娘《むすめ》も姿《すがた》が見えなかったという。

ルーカス・ケルヒナーは娘の殺害を否定《ひてい》した。しかし、仕事場で発見された証拠《しょうこ》については、なんらの説明もできなかった。さらに、姿を消した娘については、ただ、こうくり返すばかりだった。「殺したのはわたしではない。しかし、娘に新しい命を与えたのはこのわたしだ」さらに追及《ついきゅう》されると、ルーカスはくずおれ、泣きわめいて、「娘は地上におちた天使のような、最高の自信作だ」といいつづけた。ルーカスは殺《さつ》人罪《じんざい》で起訴《きそ》され、死刑《しけい》の宣告《せんこく》を受けた。

この判決《はんけつ》のあと、『オーキッド・ウェア』の生産は中止された。結局、生産されていた期間は三年に満たなかったが、今日でも熱烈《ねつれつ》な収集家《しゅうしゅうか》がいて、大変な高値《たかね》がついている。二、三年ごとに、ルーカス・ケルヒナーが狂気《きょうき》のさなかに作ったすばらしい作品が発見されたという噂《うわさ》が流れる。それは、ロシアの茶道具サモワールだったり、磁器製《じきせい》の時計だったり、繊細《せんさい》でこわれやすい『オーキッド・ウェア』であるにもかかわらず、関節が動く人形だったりするのだが、本物だと証明《しょうめい》されたものはない。それでも、『オーキッド・ウェア』には神秘《しんぴ》的な噂がつきまとい、おそらくこれからもそれはつづくのだろう。
ここに展示《てんじ》された作品は、個人《こじん》の収集物から借り受けたものである。

ザックはそのプレートをじっと見つめた。ちゃんと理解《りかい》しているのを確《たし》かめるために、もう一度読んでみる。ザックが見た夢《ゆめ》が耳の奥《おく》でひびきあう。もし、ぼくとポピーが見た夢が真実なんだとしたら、そして、もしエレノアが実在《じつざい》した人物なのだとしたら、ルーカス・ケルヒナーは自分の娘を殺してなんかいない。エレノアが屋根から落ちた原因《げんいん》は、伯母《おば》さんだ。ただ、ルーカスは、殺人者であるなしにかかわらず、相当頭のおかしい男だ。娘の死体を見つけると、娘をたたえる唯一《ゆいいつ》の方法は、大切な『オーキッド・ウェア』の技法《ぎほう》を使って人形に変えることだと考えたんだろう。

体じゅうがぶるっと震《ふる》えた。全身に電気の火花がちったみたいな感じだ。上の階で、だれかが大声で叫《さけ》んでいる。名前を呼《よ》んでいるのかもしれない。ミス・キャサリンが図書館のなかを探《さが》しまわっているにちがいない。ルーカス・ケルヒナーのことをぐずぐず気にしている時間はない。クイーンを見つけなければ。人形の姿になったエレノアを。

ザックはすばやく、昨日窓《まど》からしのびこんだ部屋に踏《ふ》みこんだ。茶色っぽい紙におおわれた床《ゆか》は、雪が積もったみたいに見える。でも、人形はなかった。どのファイリング・キャビネットにも、本棚《ほんだな》にも、机《つくえ》の下にも。

廊下《ろうか》を横切って、べつの部屋に入る。そこには、本のつまった箱が山積みになっていた。箱のなかまでいちいちのぞいてみたけれど、クイーンの気配もない。

それから、ほかにどこを探《さが》したらいいのかわからなくなって女子トイレに入った。女子トイレに入ったことなどなかったので、なんだか変な気分だった。ここにいるところをだれかに見られるのだけはいやだと思った。それでも、なかを見まわすと、男子トイレとそんなに変わったところはない。タイルがピンクで、壁《かべ》にならんだ小便器はなく、個室《こしつ》が三つならび、洗面台《せんめんだい》はひとつだ。ほかは男子トイレとほとんどおなじようなものだ。たいした期待もせずに洗面台と鏡のある方にむかって進むと、壁際《かべぎわ》に金属製《きんぞくせい》のゴミ箱があるのに気づいた。

クイーンはそこにいた。ゴミ箱の底にくしゃくしゃに丸められたペーパータオルをベッドにして横たわっている。不気味な目がまっすぐにザックを見上げていた。おどろいたザックは思わずあとずさりした。すると、鏡のなかから見つめ返す自分と目があった。

でも、それはおそろしい姿《すがた》だった。顔の肌《はだ》は白い磁器《じき》で細かいひびが入っている。そして、目があるべき場所には、ぽかりと黒い穴《あな》が開いていた。叫《さけ》び声をあげようと口を開けたのに、鏡のなかの自分はぴくりとも動かない。まるで仮面《かめん》のように唇《くちびる》は固まったままだ。だが、まばたきした瞬間《しゅんかん》、鏡にはいつもの自分が映《うつ》っていた。どこにもおかしなところはない。ただ、心臓《しんぞう》がはげしく打っていた。

ザックは自分にいいきかせた。きっと、夜中に目を覚ましたポピーが、用をたしにおりてきたんだろう。寝《ね》ぼけていたせいで、洗面台の上に置いたクイーンを置き去りにして、そのあと、ゴミ箱に落ちてしまったんだろう。こじつけのような説明だけれど、それが真相だと自分を納得《なっとく》させた。そうでもしなければ、地下におりてあの説明文を読んだのは、クイーンがしむけたことだったんだと認《みと》めなくてはならなくなる。きっと、あとになればそんな考えにも平気でいられるようになるだろう。外にでて太陽の光でも浴びれば。

それに、鏡のなかに、そこにあるはずのないものを見てしまったのは、自分がすっかりびびっているからだろうとも思った。

ザックは前かがみになってゴミ箱からゆっくりクイーンを拾い上げた。クイーンを胸《むね》に抱《かか》えると、ザックは走りはじめた。トイレから飛びだし、階段《かいだん》を駆《か》け上がり、肩《かた》で図書館の玄関《げんかん》のドアにぶつかり、秋の冷たい空気を思いっきり吸《す》いこんだ。

第十六章

アリスはすでに図書館の外で待っていた。草かげにしゃがんでかくれている。クイーンを抱《かか》えたザックを見て、アリスはぴょんと立ち上がった。

「やったね」アリスはささやくようにいった。「クイーンを見つけたんだね！」

ザックはうんうんとうなずいた。「ポピーは？」

そうたずねるのとほぼ同時に、ポピーが図書館の角からあらわれて、ふたりの方に走ってきた。ポピーのうしろにピンクの髪《かみ》が見える。

「走って！」ポピーが叫《さけ》ぶ。「早く、早く！」

三人はメインストリートにつながるまがりくねった道を必死で走った。何ブロックか走ったところで、ザックは立ち止まって、はげしく息をついた。肩《かた》ごしにふり返ると、もうミス・キャサリンの姿《すがた》は見えなかった。ミス・キャサリンのリボンがついた黄色いシューズは、走るにはむいていないんだろうと思った。

「うまくいったね」ザックがいった。

「見つけてくれたんだね」ポピーはにっこり微笑《ほほえ》んだ。ポピーがこんな風に笑うのを見たのは久《ひさ》しぶりだ。ウィリアムについて嘘《うそ》をつき、冒険《ぼうけん》をはじめてからは見ていなかった。

ザックも思わず微笑み返していた。「ほかにも見つけたものがあるんだ。エレノアについての物語なんだ。エレノアがぼくたちになにを知ってほしかったのか、わかった気がする」

「それはあとにして」アリスがいった。「いまは歩きつづけなきゃ。ミス・キャサリンは警察《けいさつ》に電話するかもしれないんだから」

「墓地《ぼち》の方角はわかる?」ザックはポピーにたずねた。

ポピーはうなずく。「だけど、歩いていくのは無理かも。でも……」そういうと、ポピーはまた走りだした。

ふたりもあとにつづく。ポピーはゲームセンターの前で立ち止まった。自転車が何台か止まっている。何台かはチェーンで柱につながれているけれど、壁《かべ》に立てかけただけの自転車も二台ある。ポピーはその二台の自転車をじろじろ見つめている。

「まさか、本気じゃないよね」ザックがいう。「ぼくたち、歩いて……」

ポピーはそのうちの一台をひいてアリスに近づいた。「アリスがこいで」ポピーがいう。「わたしとふたり乗りしよう。道はわたしが教えるから」

アリスはうなずくと、さっと足を上げ、自転車にまたがった。

「ヨットを盗《ぬす》むよりましだよ」ポピーが荷台にまたがりながらいった。「あとで返せばいいんだから。ぱっといってくれれば、持ち主はまだゲームをやってるかもしれないよ」

あきれたように首をふりふり、ザックはもう一台のカギのかかっていない自転車のハンドルをつかんだ。クイーンをトレーナーの胸《むね》におしこむと、片手《かたて》でその古い不気味な人形をおさえながらサドルにまたがり、ポピーのあとを追ってペダルをこぎはじめた。三人は髪《かみ》をなびかせながら突《つ》っ走る。スピードがでればでるほど、ザックの脚《あし》に力がこもる。

「こっちだよ」風に負けないようにポピーが叫《さけ》んだ。薄《うす》っぺらな紙がポピーの手のなかでバタバタしている。反対の腕《うで》をのばして、その先の交差点を左に曲がるよう指示《しじ》している。

ザックはあの小さなヨットを操縦《そうじゅう》していたときとおなじような興奮《こうふん》を覚えた。冒険《ぼうけん》をやりとげて、そのあとにくるよろこびを味わえる確率《かくりつ》は、ほんの数分前までほとんどないと思っていた。そしていまふり返ると、エレノア・ケルヒナーの墓《はか》を探《さが》すという、真夜中に立てた計画がいかにバカげたものだったかもよくわかる。なのにいまは、あと数分で墓地《ぼち》に着こうとしている。結局最後には、冒険をやりとげられるのかもしれない。

そんなことを考えていると、トレーナーのなかでなにかが動いた。

ザックの自転車は大きくゆれて、あやうく倒《たお》れてしまうところだった。ザックは自転車を横すべりさせながら止めて、はげしく息をついた。アリスの自転車はどんどん先に進む。

「やめろよ」ザックはクイーンにむかってきつい口調でいった。はたから見て、イカれていると思われたとしてもどうでもいい。「きみも興奮してるんだな。もうすぐ、目的が達せられるんだから。それに、きみがぼくをこわがらせて楽しんでるのもわかるよ。だけど、いまは自転車用のヘルメットをかぶってないんだ。それにきみは、ものすごく薄い『オーキッド・ウェア』でできてるんだよ。だから、もしころぶようなことがあったら、ぼくたち、どっちも大けがするんだ。わかった?」

人形は動かなかった。といっても、なんの意味もない。そもそも、さっき動いたと思ったのは、単なる空想のせいにちがいないのだから。ザックは地面をけって、またペダルをこぎはじめた。アリスとポピーはちょうどスプリング・グローブ墓地の芝生《しばふ》に自転車を乗り入れたところだ。

ザックもあとにつづいた。入り口からすぐのやわらかい草の上に、ふたりが乗っていた自転車が寝《ね》かせてあったので、ザックも自転車からおりて、その横に倒した。タイヤはまだまわっている。墓地《ぼち》はこぎれいな草地で、刈《か》りこまれた生け垣《がき》に囲まれ、墓石《ぼせき》が規則正《きそくただ》しくならんでいた。墓石は奥《おく》にある森にまでつづく丘《おか》いっぱいに広がっている。白い砂利《じゃり》を敷《し》きつめた、車一台やっと通れるぐらいの小道が敷地《しきち》のふちに通っている。

「さてと」アリスがいった。「で、どうするの？」

「ヤナギを探《さが》すの」ポピーがいう。「たれさがった葉をつけた長い枝《えだ》のある木だよ」

「シダレヤナギ？」ザックが口をはさんだ。

ポピーがうなずく。「たぶんそうだと思う。でも、ふつうのヤナギの葉もたれさがってるはずだけど」

「わかった」アリスがいう。「なんだかあわれっぽい雰囲気《ふんいき》の木ってことだね。陰気《いんき》でみじめっぽい木を見つけたら声をかけるから確認《かくにん》して」

ザックはジッパーをおろして、ポピーに目をやった。「ねえ、エレノアを返そうか？」

ポピーがにやっと笑う。「どうして？　こわくなった？」

ザックは肩《かた》をすくめる。「ここまでずっといっしょだったんだから、また、手元に置きたいのかなあと思って。でも、そうじゃないんなら……」

ポピーが手をのばした。「もらうよ。弱虫」

ザックは心底ほっとして、クイーンをポピーに手わたした。改めてよく見ると、クイーンが死んだ少女の骨《ほね》でできているという話は、どうしても嘘《うそ》だとは思えなくなる。そのせいで、ふれるだけでぞっとしてしまう。ザックはポピーにからかわれても気にならなかった。死者だらけの墓地でこの人形を持って歩くのはかんべんだ。

「なにか見つけたら、叫《さけ》んでね」アリスがいった。「たとえば、ヤナギとかゾンビとか」

ザックは無理して笑い声をあげた。三人は静かな墓地のなかを進んだ。花が植えられた植木《うえき》鉢《ばち》やリース、戦死した兵士の彫像《ちょうぞう》や、寄付《きふ》された記念ベンチ、ブロンズの墓標《ぼひょう》が点在《てんざい》する広い草地などを通りすぎた。大きなオークの木がたくさん生えているところも、マツの木が何本かかたまって生えているところも通りすぎた。それから、ニセアカシアだろうと思う木の横も通りすぎたけれど、ヤナギは見当たらない。

「ヤナギなんて見えないよ」とうとう、アリスがいった。「ほんとうにこの墓地なの？」

「わたしたち、どこかで見落としちゃったのかも」ポピーはぴりぴりしている。じっとしていられないようで、急に駆《か》けだしたり、またもどってきたりしている。「きっと、見落としてるんだ。だって、エレノアのお墓《はか》は、ヤナギの下にあるんだから」

三人は歩きつづけた。おなじ草地を横切り、おなじ木々を見つめる。

「お墓《はか》の名前を見て、探《さが》せばいいんじゃないかなあ。ケルヒナーって」ザックはいった。図書館で見た展示品《てんじひん》の説明文のことを話したかったけれど、時間がどれだけ残されているのかがわからない。ミス・キャサリンは墓地《ぼち》が載《の》っている地図を見てしまったんだし。

「ここじゃないみたい」とうとうポピーがそういった。とても小さな声だった。「ザックが図書館でクイーンを見つけてくれたとき、わたし、ほんとうにお墓はここにあるって思ったんだ。きっと、うまくいくって思ったのに」

ザックは大きな記念碑《きねんひ》の前の芝生《しばふ》に寝《ね》ころんだ。ザックもおなじように感じていた。「ポピーが墓地をまちがえるなんてこと、あるのかな？　イースト・リバプールでここ以外の墓地が考えられるの？」

「うん」ポピーがいう。「わたしがまちがえちゃったんだよ。なにもかも、わたしがまちがってたんだ」

「なにいってんの？」アリスは御影石《みかげいし》の墓石《ぼせき》にぴょんと腰《こし》かけて、足を組みながらいった。「あきらめちゃだめだよ。もう、そこまできてるんだから」

ポピーは立ったまま、芝生の上を行ったり来たりしている。「全部、わたしの作り話なのかも。最初っから全部。エレノアの夢《ゆめ》を見たのはほんとうなの。だけど、そのあとは……。自分でもよくわからない。話してるときは、ほんとうのことだって感じてた。でも、そうであってほしいという思いが強すぎて、自分で自分を納得《なっとく》させてただけなのかもしれない」

しばらく、だれも話さなかった。ポピーのそのことばに、地球の回転軸《かいてんじく》がずれてしまったほどのショックを受けた。ここまでやってきたのは、ポピーのことばを信じたからだ。森で一晩《ひとばん》すごしたのも、ヨットでオハイオ川を下ったのも、図書館から逃《に》げたのも。ポピーだけは、なにがあっても、それが真実だと信じてきたのに。ザックはポピーが自分自身に疑《うたが》いをいだいているなんて、想像《そうぞう》もできなかった。

怒《いか》りがこみあげてきた。はげしい、けれどももやもやとした怒りだ。家に帰ったらフィギュアたちがなくなっていたときの気持ちを、もう一度つきつけられたような気分になった。なにかだいじなものを奪《うば》い取られて、取りもどすことができないような気分だ。

アリスはヒッと息を吸《す》いこんだ。「そうだと思った！」と力いっぱい叫《さけ》ぼうとしているかのように。

魔法《まほう》なんかなかった。ただの作り話だった。

けれども、ザックはエレノアの夢を見た。そして、図書館の壁《かべ》に掲《かか》げられていた説明文を読んだ。クイーンが動くのを感じたし、遺灰《いはい》も見た。

もしかしたら、自分やアリスとおなじように、ポピーのなかでも、ときどき疑《うたが》いが首をもたげるのかもしれない。これはつまり、ポピーにもすべてがわかっていないから、というだけのことなのかもしれない。

「ぼくは、エレノアの幽霊《ゆうれい》は本物だと思う」ザックがいった。

「うまくだましてるだけかもしれないよ」ポピーが情《なさ》けない声でいった。

どうやらポピーは、自分が信じていることを疑われたときに頑固《がんこ》になるのとおなじように、自分が信じられなくなったことを否定《ひてい》することにも頑固なようだ。

「じゃあ、バスであったティンシューや、ドーナツ屋の店員がいってた、ブロンドの女の子はどうなる？　食堂の女の人は、四人分の席が必要かってたずねたよ。あれはどういうことだっていうの？」

ポピーは腕組《うでぐ》みをした。「バスの男は頭がおかしかった。ドーナツ屋の店員は冗談《じょうだん》をいっただけ。食堂でのことはただの偶然《ぐうぜん》だよ」

「野宿した場所が荒《あ》らされたのは？」アリスがたずねた。

「アリスはあれが幽霊のせいだなんて、これっぽっちも信じてないくせに」ポピーがいった。「それにエレノアのこともぜんぜん信じてない。とぼけるのはやめて」

「じゃあ、あれはポピーのしわざだったの？」アリスがたずねる。「わたしが幽霊を信じなかったのは、あれはポピーがやったんだって思ってたからだよ」

「わたしじゃない！」ポピーは本気でショックを受けているようだ。

「だとしたら、信じたくはないけど、気味の悪いことがたくさん起こったってことは認《みと》めないわけにはいかない。ポピーも、それは認めなくちゃ」

ザックは大きく息を吸《す》いこんだ。「図書館であるものを見つけたって話したのは覚えてる？それは、焼き物の展示《てんじ》だったんだ。ルーカス・ケルヒナーっていう陶工《とうこう》が作った磁器《じき》の。そして、そこにはその人の生涯《しょうがい》が書かれていた。その人は、自分の娘《むすめ》を殺したという疑いをかけられた。でも、結局死体は見つかってないんだ。こんな偶然、あるわけないよ。ルーカスはエレノアのお父さんにまちがいないと思う。そして、エレノアがぼくたちに見つけさせたがってる秘密《ひみつ》っていうのは、エレノアを殺した真犯人《しんはんにん》のことだと思うんだ。それはエレノアの伯母《おば》さんで、ポピーが夢《ゆめ》で見た、ほうきを持って屋根の上のエレノアを追いかけまわしてる女の人だったんだ。エレノアを屋根から落として殺したのは、その伯母さんなんだよ。そして、エレノアのお父さんはその死体を使って人形を作った。ただただ、頭がおかしくなったせいだとしかいいようがないけどね。でも、お父さんはエレノアを殺してなんかいない。まわりのみんなはお父さんがやったと思ってるけどね。こうした事実は、すべてポピーが正しかったことの証拠《しょうこ》なんだ。ポピーが見た夢《ゆめ》は真実だったんだよ」

ポピーは疑《うたが》わしげにザックを見ている。「もしかしたら、わたし、その物語をどこかで読んだのかもしれないよ。読んだことは忘《わす》れたけど、それをもとに作り上げたのかもしれない」

「なにいってんの」アリスがいった。「そんなのありえない」

「じゃあ、ザックがわたしをなぐさめようとして、話をでっち上げたのかも」

ザックは首を横にふった。「実はぼくも夢を見たんだ。森で寝《ね》ていたときに。エレノアの夢だった。それが、ポピーの夢とそっくりだったんだ。アリスからもいって」

「ザックも夢を見たって?」ポピーははげしいショックを受けているようだ。この旅がはじまって以来、いったい何度、ポピーにおなじ調子で語りかけたかを思い出して、急に申し訳《わけ》ない気持ちでいっぱいになった。「どうして、いまになってそんなことをいいだすの? それに、もし、死体が見つかっていないんなら、お墓《はか》なんかあるわけ? なんにも見つけられっこないよ」

「わかったよ」ザックは自分の髪《かみ》を指でいじりながらいった。「ぼくになんていわせたい? ぼくたちはシダレヤナギを見つけられなかった。このあと、なにをしたらいいかなんて、ぼくにもわからない」

アリスが墓石《ぼせき》からおりて、ポピーの腰《こし》に手をまわしてハグした。あごはポピーの肩《かた》の上だ。「気にしなくていいよ。これが冒険《ぼうけん》なのはまちがいないでしょ？　わたしたちの最後の『ゲーム』だよ」

そのことばはザックの体にしみ通った。深呼吸《しんこきゅう》をして覚悟《かくご》を決めた。「ふたりに話したいことがあるんだ。家にもどる前に。ポピーはぼくに腹《はら》を立ててるから、ついでにいまのうちに」

ポピーとアリスは、同時にザックを見た。ザックの声の調子をきいて、それがとても大事なことだとさとったようだ。ふたりはザックのことを、攻撃《こうげき》しようと身構《みがま》えるヘビを見るように警戒《けいかい》して見つめている。

「ぼくはもう『ゲーム』をしたくないっていったけど……」そこでことばを切る。最後までいえるかどうか自信がない。「あれは、正確《せいかく》にいうとちがうんだ。父さんが、全部……なにもかも捨《す》ててしまったんだ。みんなを。ウィリアムもトリスタンもマックスも。ひとつ残らず。だから、『ゲーム』をしたくなくなったんじゃなくて、できなくなったんだ」

長い沈黙《ちんもく》があった。「どうして話してくれなかったの？」とうとうアリスがたずねた。

「話せなかった。話せなかったんだよ。だって、もし話したら、きっと……」ザックは立ち上がると目をこすった。「ほんとうにごめん、話せなくて。それに、夢《ゆめ》のことを話さなかったのもごめん。どうして話さなかったのか、自分でもわからないんだ」

ポピーはただザックを見つめている。クイーンの目とおなじくらい鋭《するど》い目つきだ。

「それだけだよ」ザックはそういうと、二、三歩あとずさりした。熱い涙《なみだ》がこみ上げてくる。とつぜん、ふたりにはわかってもらえないだろうと確信《かくしん》した。いわなければよかった。泣いているところを見られるのも恥《は》ずかしい。もし、口を閉《と》ざしたままでいれば、なにもかもうまくいったのに。「もう一回、手分けして探《さが》してみるっていうのはどう？　何分かしたら、またここで落ち合おう」

「ザック」ポピーだ。「ちょっと待って……」

この冒険《ぼうけん》がはじまったのは自分のせいだといわれるのを耳にするのはいやだった。もし、自分が嘘《うそ》をついていなければ、ポピーはクイーンをガラスケースからだすなんてことはなかったといわれるのは。いわれなくてもわかっているからだ。ザックはポピーのことばを最後まできかずにがむしゃらに走りだした。でこぼこの地面の上を大股《おおまた》で遠ざかる。ザックは大理石の墓《ぼ》石《せき》の列をいくつも通りすぎ、墓地《ぼち》の古いエリアへとずんずん入っていった。そこでは墓標《ぼひょう》は欠けているし、風雨にさらされて荒《あ》れ放題だ。ザックは芝生《しばふ》の上に倒《たお》れこみ、はげしく泣きじゃくった。

これまでずっと避《さ》けてきたことばを大声で叫《さけ》んだ。ウィリアムやほかの仲間たちが永遠《えいえん》にはなれていってしまったこと、『ゲーム』を取り上げられてしまったこと、まだまだつづけたかったのに、つづけられなくなってしまったことやなんかをだ。心が痛《いた》んだ。でも、心は痛むのに、なにに対しても無感覚にしていた心のなかの霧《きり》が切り裂《さ》かれ、フィギュアたちを失って以来はじめて、その事実を受け止めることができたような気がした。

泣き止むまでにどれぐらいの時間が流れたのか、よくわからなかった。気づくと、とてもいい天気だ。空気はピリッとひきしまり、秋のはじめによくあるように、あたたかいと思ったら、ときどき冷たい風も吹《ふ》く。空は、万年筆からこぼれたインクで染《そ》めたように真っ青だ。頭上の木の葉は風でゆれている。

ザックは頭をそらして、流れていく雲を見つめた。

「ポピー、こっちにきて!」アリスの叫ぶ声がきこえた。「ザックを見つけた」

「わたしたち、心配してたんだよ」ザックを見下ろしながらポピーがいった。「何分かしたら落ち合おうっていったのにもどらないから、もう十分待ってみた。それでも、もどってこないんだもん」

「ぼくはだめなやつだ」ザックはいった。「ぼくたち、おたがいにいがみあってきたけど、それは、ぼくがだめなやつだったせいだね」

ポピーはザックの横にすわった。「話してくれればよかったのに」

「そうだね。怒《おこ》ってる？」

ポピーはうなずいた。「怒ってるに決まってるでしょ！　だけど、『ゲーム』のことなんかどうでもよくなったんだって思ってたときよりは、ましだよ」

ザックはアリスの方に目をむけた。アリスは墓石《ぼせき》のひとつをじっと見つめている。ザックの顔も見たくないとでもいうように。

「アリスも怒ってる？」

「こっちにきて！」アリスがとつぜんいった。「はやく！　こっちにきて、これを見て！」

ポピーがぴょんと立ち上がり、ザックの腕《うで》をつかんで立たせた。

アリスはザックが寝《ね》そべっていた芝生《しばふ》のすぐ前の墓石を指さしている。「ほら、ザックが見つけたんだよ」

大きな大理石の墓石には「ケルヒナー」という文字が刻《きざ》まれていた。そして、その名前の上にはヤナギの絵が彫《ほ》られている。三人はその墓石をじっと見つめた。疑《うたが》うような微笑《ほほえ》みがひっこんで、心からの笑顔と笑い声がわき上がってきた。

一瞬《いっしゅん》、ザックはすべての物語は嘘《うそ》じゃなかったんだという気がした。ティンシュー・ジョーンズのエイリアンの話も、ザックの両親が語る、これからはなにもかもがうまくいくという話も。そして、もちろん、ポピーのクイーンについての話も。きっと、どれもこれもがほんとうの話だったんだ。

ポピーはひざまずいて、雑草《ざっそう》をおしのけ、墓石の下の方に書かれた文字が見えるようにした。

「名前がいくつか彫られてる。これは一家のお墓《はか》なんだね。だから、こんなに大きいんだ。ルーカスでしょ、それからヘッダっていう名前がある。きっとエレノアのお母さんだね。そして、ほら見て、空いたスペースがあるよ。ここはエレノアのためのものだね」

「わたしたち、やったんだね」アリスがいった。まるで祈《いの》りのように静かな声だ。「冒険《ぼうけん》が完結したんだ」

「ぼくたちで、ちゃんとしたお葬式《そうしき》をあげてあげないと」ザックがいった。「はるばるここまでやってきたんだから、きちんとやらないと」

アリスとポピーがうなずいた。

そこで、ザックがお墓を掘《ほ》ることになった。ほとんどザックの手だけで掘ったけれど、棒《ぼう》も

KERCHNER
LUKAS HEDDA

すこしは使った。それに縁《ふち》が鋭《するど》くとがった長細い石版《せきばん》のかけらが雑草《ざっそう》の根を切るのに役立った。時間はかかったけれど、クイーンがすっぽりおさまるだけの穴《あな》が掘《ほ》り上がった。

そのあいだ、アリスは花を集めた。ほかのお墓《はか》から取ってくるのはいやだったので、墓地《ぼち》のはしにある森にいって、ホトトギスとアキノキリンソウ、ジャコウソウモドキをつんできた。そして、茎《くき》をよりあわせていっしょに埋《う》める花輪を作り、お墓の上に供《そな》えていく小さな花束も作った。

ポピーの仕事は、埋葬《まいそう》にそなえてクイーンをきれいにすることだった。磁器《じき》の肌《はだ》についた泥《どろ》を、つばとTシャツのきれいな部分でぬぐい落とした。それから、着ていたパーカを脱《ぬ》いで、死に装束《しょうぞく》のように人形を包みこんだ。

やがて、それぞれの準備《じゅんび》がととのった。

ポピーが地面にあいた穴の真ん中に人形を横たえ、顔にかかっていた髪《かみ》をなでつけた。人形の片目《かため》だけが開いていて、三人を見上げている。ポピーが咳《せき》ばらいをした。

「エレノア」ポピーが話しはじめた。「あなたが死んだとき、きっとわたしたちとおなじ年ごろだったのでしょう。あなたになにがあったのかを正確《せいかく》に知る人はだれもいません。ただ、なにかおそろしいことが起こったことだけはわかっています。わたしたちはこれからも、あなたのために真実を探《さが》しつづけます。いまは、安らかに眠《ねむ》ってください。あなたは家族のいるところにもどってきたのですから」

「エレノア」今度はザックだ。『ゲーム』をしているときのように、ことばが流れるようにでてきた。ただ、だれかになりきっているのではなく、自分自身が語っていることを強く意識《いしき》した。「ぼくたちをはるばるここまでつれてくるなんて、あなたはなんて意志《いし》の強い幽霊《ゆうれい》なんでしょう。ぼくたちが、いつもうまくやってきたとはいえないことはわかっています。だから、ぼくたちを最後まで見捨《みす》てなかったことを感謝《かんしゃ》します。ぼくたち三人をお供《とも》に選んでくれてうれしかった」

「エレノア」アリスが一歩前に踏《ふ》みだして、静かに語りかけた。「あなたのことは、クイーンとしてしか知らないので、クイーンに話していたときのように話します。われら忠実《ちゅうじつ》なるしもべは、遠い地からあなたをここにつれてくる冒険《ぼうけん》をやりとげ、今日この日、ここに集い、あなたにお別れを告げます。あなたが、閉《と》じこめられていた塔《とう》から自由になれたこと、とてもうれしく思います」

アリスはしゃがんでクイーンの首に花輪をかけた。ピンクの花びらがクイーンのドレスや髪《かみ》の上にちった。

「クイーンは崩御《ほうぎょ》された」アリスがいった。「女王陛下《へいか》よ永遠《えいえん》なれ」

三人は拍手《はくしゅ》をした。それから、ポピーがひざまずいて、クイーンの上に土をかぶせはじめた。最初のひとすくいの土で顔をおおった。指先や頬《ほお》やおでこはまだ見えている。ポピーはクイーンが完全にかくれるまで土をかぶせつづけた。

「さよなら、エレノア」ポピーはささやいた。アリスはやわらかい土の上に、自分で作った花束をそっと置いた。花びらがいくひらかちり落ちて、土を金色に染《そ》めた。

ザックは風が吹《ふ》いてきたのを感じた。バスケの練習が終わって家に走って帰った夕方にきいた、木々を通りぬける歌声のような風だと思った。あのときとおなじ寒気が走って、思わずぶるっと震《ふる》えた。でも今回は走りだしたりしない。ザックは風が駆《か》けぬけるにまかせた。それから、どこか遠くから女の子の笑い声がきこえたような気がした。

にっこり微笑《ほほえ》みながら、ザックは道路の方に歩きはじめ、ずらりとならんだ墓石《ぼせき》の列を見わたした。

アリスがザックに追いついてきた。「わたし、ポピーがいったことをずっと考えてたんだ。わたしたち三人とも、変わっちゃうってこと。ほんとうに変わったたって思わない？」

ポピーがTシャツ一枚《まい》だけの姿《すがた》で震えている。「アリスとザックはね」

ザックはポピーの肩《かた》を抱《だ》いていった。「幽霊《ゆうれい》にパーカをあげちゃったせいで震《ふる》えてるっていうのに、自分はぜんぜん変わってないと思ってる?」

ポピーはふんと鼻を鳴らした。でも、ザックの腕《うで》をふりはらいはしない。「アリスはそんなことをいってるんじゃないよ。わたしはただ変人らしく変わったってこと。わたしたちは三人で冒険《ぼうけん》をやりとげた。だけど、いまは家に帰ろうとしてる。そして、わたしは変わってないけど、ザックとアリスは変わりつづけるんだと思う」

「冒険は人を変えるもんだって決まってるさ」ザックはいった。

「じゃあ、リアルな方の生活はどうなる?」ポピーがたずねた。

アリスが雑草《ざっそう》の葉を一枚《まい》ひきぬき、指で折りたたんでいる。

「いったいなんのこと? まじめな話、これがリアルな生活でしょ。これこそが、わたしたちが生きてる世界じゃない。わたしたちはべつの物語のなかを生きることだってできるのかもしれないね」

遠くで車が二台、墓地《ぼち》に入ってきて止まるのが見えた。アリスのおばさんのシルバーのトヨタ車だ。すぐうしろには、ザックの母親の古びたグリーンのニッサン車がつづいている。三人が車に近づくと、そのニッサン車の助手席にザックの父親の姿《すがた》が見えた。

「これがわたしたちの最後の『ゲーム』だね」ポピーがいった。「最後の『ゲーム』の終わり」

「さあ、それはどうかな」ザックがいった。「クイーンがいなくなって、王国は大混乱《だいこんらん》になるだろうね。大勢《おおぜい》が玉座《ぎょくざ》を狙《ねら》うだろうし、だれもかれもが王国をあやつろうとするだろうし、王国を手に入れようと、謀略《ぼうりゃく》や戦いがくり広げられるだろうね。それにウィリアムやヒーローたちがたくさん死んだからには、この世界はすっかり変わってしまうんだろうな。混沌《こんとん》の世界だよ。これまでとおなじようには『ゲーム』をできないかもしれないけど、おたがい、次になにが起こるのかは伝えあえるんじゃないかな」

「混沌の世界だって?」そうたずねたアリスの顔に、じわじわ笑顔が浮《う》かんできた。「おもしろそうじゃない」

ポピーがおなじみの、なにかたくらんでいるような笑顔になった。新しい希望に、目がキラキラ輝《かがや》いている。「『ゲーム』やりたくない?」ポピーはたずねた。

作者あとがき

この物語はわたしの頭と心のなかにずっと生きつづけていた。きっとうまく書けると思いながらも、何年もためらってなかなか書けずにいた。その過程《かてい》で、わたしを励《はげ》ましつづけてくれたたくさんの人たちに感謝《かんしゃ》を捧《ささ》げたい。

ケビン・ルイスとリック・リクター、そしてマーラ・アナスタスに感謝を。三人は自らの成長の物語をきかせてくれて、その後も、この作品の進み具合を気にかけつづけてくれた。

ツイッター上で質問《しつもん》に答えてくれたすべての方に感謝を。中学時代のことや教室でまわしたメモのこと、その他にもたくさんの質問に冷静に答えていただいた。

わたしのワークショップへの参加者に感謝を。エレン・カシャー、デリア・シャーマン、ジョシュ・ルイス、ギャビン・グラント、そしてサラ・スミスには、わたしが伝えたかったストーリーを形にするのを助けてもらった。なかでもサラ・スミスには特別の感謝を。彼女《かのじょ》のコレクションからの数体の不気味な人形たちは、語り合っているわたしたちをじっと見つめていた。

ケリー・リンクとサラ・リーズ・ブレナン、カサンドラ・クレアとロビン・ワッサーマンに感謝を。四人には、この物語を数えきれないほどの回数、読んでいただいた。

幽霊《ゆうれい》に関するたくさんのインスピレーションをいただいたカミ・ガルシアに感謝を。

わたしを泣かせてくれたリバ・ブレイに感謝を。

陶磁器美術館《とうじきびじゅつかん》と図書館をこの目で見るために、急に思いついたイースト・リバプールへの旅につきあってくれたスティーブ・バーマンに感謝を。

イースト・リバプールの陶磁器美術館にも感謝を。『オーキッド・ウェア』の物語の多くは、この美術館で紹《しょう》介《かい》されている『ロータス・ウェア』の実話から借りている。

不気味で美しいイラストを描《か》いてくれたエリザ・ウィーラーに感謝を。

わたしのエージェント、バリー・ゴールドブラットとジョー・モンティに感謝を。ふたりのこの作品にかける熱意と、きっと最高の作品になるというかたい信頼《しんらい》が心強い支《ささ》えだった。

この本のあるべき姿《すがた》とそこにいたる道筋《みちすじ》を明確《めいかく》に理解《りかい》していた編集者《へんしゅうしゃ》のカレン・ボイティラに感謝を。それだけでなく、数多くの退屈《たいくつ》な場面をカットしてくれたことにも感謝。

サイモン・アンド・シュースター社とマケルダリー・ブックス社のすばらしいみなさんに感謝を。

わたしの夫、セオ・ブラックに感謝を。たくさんのインスピレーションをもらったうえに、わたしが読んできかせた全文にしんぼう強く耳を傾《かたむ》けてくれた。

オハイオ州イースト・リバプール、ペンシルベニア州イースト・ロチェスターには、ストーリーの都合に合わせて位置関係やバスの時刻表《じこくひょう》をあえて誤記《ごき》したことに対しておわび申し上げます。さらにはオハイオ川にもおわびを。三人の乗った小さなヨットでは通り抜《ぬ》けられないという都合から、航海のとちゅうにあるべきダムをなかったことにさせていただいた。

ホリー・ブラック

訳者《やくしゃ》あとがき

「スパイダーウィック家の謎《なぞ》」シリーズで世界的な大ベストセラー作家となったホリー・ブラックは、子どものころ、ぼろぼろのビクトリア朝様式の家に住んでいたということです。そう、幽霊屋敷《ゆうれいやしき》といってもいいような家に。そんな家で、幽霊《ゆうれい》や妖精《ようせい》が登場するこわい本を浴びるように読んで育ったというのですから、作風に影《えい》響《きょう》しないはずがありません。本書も、そんな作者の本領《ほんりょう》が発揮《はっき》されたこわい物語です。とはいえ、「スパイダーウィック」のように、おそろしい妖精が次々と登場するようなタイプの作品ではありません。

本作を、そして『ゲーム』を支配《しはい》しているのは、骨《ほね》を混《ま》ぜこんだ粘土《ねんど》で作られたボーンチャイナ人形のクイーン。十二歳《さい》のザックとアリス、そしてポピーは、このクイーンが支配《しはい》する王国を舞台《ぶたい》に、さまざまなキャラクターが登場する『ゲーム』に夢中《むちゅう》でした。十二歳《さい》にもなってお人形遊びかとあきれる他人の目を気にしながらも、三人にとって、それはかけがえのない時間だったのです。ところがある事件《じけん》をきっかけに、思いがけず、クイーンにまつわる現実《げんじつ》世界での冒険《ぼうけん》に踏《ふ》みこむことになってしまいます。

人はだれでも、子ども時代にわかれをつげて、おとなの世界へと足を踏《ふ》み入れるときがやってきます。それがいつごろ、どんな風になのかは、人によってそれぞれちがっているでしょう。いつのまにか気づかないうちに、という人も多いでしょうが、そうだ、あの瞬間《しゅんかん》に自分はもう子どもではなくなってしまった、と具体的な場面を鮮明《せんめい》に覚えている人もいるでしょう。初恋《はっこい》がきっかけだったとか、進学のタイミングでとか、親との対立がいちばんの原動力だったという人もいるでしょう。なかには、いまだに子どものままだよ、というおとなもいる？

さて、ザックたちの場合、それは「冒険」でした。友情《ゆうじょう》もあやうくなり、おそろしくて苦い思いも残る経験《けいけん》でしたが、あとになれば、とてもすばらしい体験だったと、しみじみ思い出すことになるのではないでしょうか。恐怖《きょうふ》におびえながらも、わくわくとした高揚感《こうようかん》をともなう、正真正銘《しょうめい》の「冒険」だったのですから。しかも、いっしょに乗り越《こ》える仲間もいたのです。

おとなになるのはまだこれからという人は、ぜひともそのときを楽しみに待っていてください。いやなこと、つらいことや悲しいこともたくさんあるでしょう。でも、それは、あらたな航海への船出なのですから。

ところで、あなたの部屋にいる人形たち、夜が明けると、ちゃんと元の場所に元の姿勢《しせい》のままでいますか？確認《かくにん》したほうがよくはありませんか？

最後になりましたが、あらたなジャンルに挑《いど》むチャンスを与《あた》えてくださったほるぷ出版編集部の石原野恵さんに心からの感謝《かんしゃ》を。

二〇一六年五月　千葉茂樹

ホリー・ブラック Holly Black
1971年アメリカ生まれ。2002年にファンタジー小説『犠牲の妖精たち』(ジュリアン出版)でデビュー。米国図書館協会ヤングアダルト部門ベストブックに選定、2003年には米国図書館協会ヤングアダルト部門ティーンむけ書籍トップテンリストに掲載された。「スパイダーウィック家の謎」シリーズ(文溪堂)でベストセラー作家になり、本書『最後のゲーム』はニューベリー賞オナーに選ばれた。現在は、マサチューセッツ州にある秘密の図書室つきの家に夫と息子とともに暮らしている。

千葉 茂樹 ちば しげき
1959年北海道生まれ。国際基督教大学卒業後、児童書編集者として出版社に勤務したのち、翻訳家に。訳書に、「こちら動物のお医者さん」シリーズ(ほるぷ出版)、『マルセロ・イン・ザ・リアルワールド』(岩波書店)、『ブロード街の12日間』(あすなろ書房)、『ユーゴ修道士と本を愛しすぎたクマ』(光村教育図書)など多数。北海道在住。

エリザ・ウィーラー ElizaWheeler
アメリカの子どもの本の作家・イラストレーター。2013年に「MISS MAPLE'S SEEDS」(未邦訳)で絵本作家としてデビュー。自身の作品のほか、絵本や読み物の挿絵などを手がけている。ロサンジェルス在住。

最後のゲーム

2016年6月30日 第1刷発行
2017年9月5日 第3刷発行

作 ホリー・ブラック
訳 千葉茂樹
絵 エリザ・ウィーラー

発行者 中村宏平
発行所 株式会社ほるぷ出版
〒101-0051 東京都千代田区神田神保町3-2-6
電 話 03-6261-6691 FAX 03-6261-6692
http://www.holp-pub.co.jp

印 刷 株式会社シナノ
製 本 株式会社ブックアート

NDC933 277p 203×140mm ISBN978-4-593-53497-5